Reinhild Solf

Schattenfrauen

Reinhild Solf

Schattenfrauen

Roman

Langen*Müller*

FSC
www.fsc.org
MIX
Papier aus verantwortungsvollen Quellen
FSC® C014496

Schutzumschlag: Wolfgang Heinzel
Umschlagbild: Christian Bäck
Herstellung und Satz: VerlagsService Dr. Helmut Neuberger
& Karl Schaumann GmbH, Heimstetten
Gesetzt aus der 11/13,9 Punkt Adobe Garamond
Druck und Bindung: GGP Media GmbH, Pößneck
Printed in Germany
ISBN 978-3-7844-3298-4

www.langen-mueller-verlag.de

Ich hüpfe mit einer Zahnbürste in der Hand, einem Handtuch um den Hals, einem Trainingsanzug am Leib vom Zeltplatz durch ein hügelreiches Kiefernwäldchen zum Strand. Es ist früher Morgen. Ich bin fünfzehn Jahre alt.

Gestern hatte ich dich zum ersten Mal gesehen. Ich kannte dich fotografiert, gemalt und beschrieben, gestern sah ich dich, in meinem Herzen zitterte es vor Staunen, überfordert von deinem Anblick stand ich und glotzte in deine lebendige Unendlichkeit. Freiheit, Sehnsucht, offene Stärke und dein Charakter, egoistisch, spendabel, rücksichtslos, gefährlich, furchtbar; damit, mit diesen leeren Begriffen in Uniform, hatte ich nie was anfangen können, jetzt hast du sie gefüllt.

Das war gestern, heute stehe ich, du bist, Gott sei Dank, nicht wild heute Morgen, bis zu den Knien in dir, mit deinem kühlen, salzigen Wasser putze ich meine Zähne, schaufle Wasser und gieße es über mein Gesicht, gierig, wieder und wieder, mit offenen Augen, bis sie brennen. Und ich sitze in deinem Sand. Du bist ein Tier, das viel fressen muss, um so viel Sand auszuscheißen. Ich bedecke mich mit deiner Sandscheiße, die Sonne bescheint mich, und ich warte, bis die gewonnenen Wahrheiten gar sind.

Meine Garzeit wird schroff unterbrochen von Helga Sperber: Mänsch. Liese, Faahnabell, der Brodner doobt!

1

Fünfundvierzig Jahre später stehe ich wieder hier, du Ostsee! Ich bin mehr geworden und du weniger. Die vielen schmachtenden Erinnerungen an dich haben dich abgezehrt, aber du hast jedem Vergleich standgehalten, mit dem Roten Meer, der Nordsee, dem Mittelmeer und dem Indischen Ozean.

So wie die Toscana auch nur fast so schön ist wie die Magdeburger Börde.

Heimat. Heimat. Mein Auge ist trüb, mein Blick ist nicht mehr scharf, ohne Brille bist du ein Möwenteich. Mit Brille bist du, wie du warst vor fünfundvierzig Jahren, mein erstes Universum.

Wieder, wie vor fünfundvierzig Jahren, gare ich vor mich hin, wieder werde ich schroff gestört, wieder ist es Helga Sperber: Mänsch, Liese, komm schnell, die Waiba spieln varüggt!

Da sind sie schon, die Waiba.

... hier war es!

... nein, hier, ich habe mir die Kiefer gemerkt, sie sah aus wie eine Schlange, da steht sie noch, nach fünfundvierzig Jahren! Mein Gott!

... nein, dort auf dem Hügel! Wenn ich morgens das Zelt aufgeschnürt hatte, sah ich den dicken Brodner...

… Mänsch, unsern Lagerleiter, ja …

… im zu engen Blauhemd pinkelnd an eine Kiefer gelehnt. Ich konnte es nicht fassen, dass er auch nachts das Blauhemd anhatte …

…. nein, nein, unser Zelt war hier, wo ich jetzt stehe, hier auf dem kleinen Hügel …

Rotraut Spindler sagt das, setzt sich und singt: *Bau auf, bau auf, bau auf, bau auf, Freie Deutsche Jugend, bau auf!*

Moni Hille rudert mit den Armen, sie steht in einer Senke, sichtbar nur Kopf und Hals: … unser Zelt stand hier! Nach einem Gewitter war die Senke voll Wasser gewesen, wir lagen in einem Teich …

Fee Vrohn kommt als letzte, keuchend: 64, 65, 66 …, 66 Schritte … – bleibt stehen, … 67. 67! Genau, das einzige, was noch steht, ist das Klo! Wenn ich nachts musste und Angst hatte, zählte ich immer bis 67. Hier, wo ich jetzt stehe, ist 67!

Luise-Marie Teesenberg, Lehrerstochter, Diplomingenieurin, Brückenbauerin, Zigarette im Mundwinkel, schlendert in das Gelände und steht da. Steht nur da. Sie steht da und strahlt etwas aus, das anlockt. Honig. Luise-Marie Teesenberg, der Honig. Autoritärer Honig. Die anderen verlassen ihre Rechthaberplätze und trollen sich zu ihr. Das sind: Rotraut Spindler, Moni Hille, Ute Friebel, Fee Vrohn, Helga Sperber und ich.

Ich bin Liese Spahn.

Luise-Marie Teesenberg spricht langsam: Hört mal, wir waren vier Mal hier, von fünfzehn bis achtzehn, einmal im Jahr vierzehn Tage. Die Zelte standen doch nicht immer am gleichen Platz! Fünfundvierzig Jahre sind eine lange Zeit, hört auf zu kreischen, wir sind Rentnerinnen! Bitte!

Helga Sperber hatte vorigen Herbst den ehemaligen Zeltplatz im Kiefernwald entdeckt. Hört mal, schrieb sie uns, wo früher unsere Zelte standen, gibt es nun Holzhäuschen, große, mittlere, kleine, rote, grüne, gelbe, weiße. Eines, ein gelbes, hat sieben Betten, ein Sofa, eine Terrasse und eine Sauna.

Die Kunde erreichte uns, sieben FDJlerinnen, die damals gemeinsam eine Schule besucht hatten. Wir sind vier alte Wessis und drei alte Ossis. Wir gingen mit achtzehn auseinander, mit siebenundsechzig haben wir uns wiedervereinigt. Luise-Marie Teesenberg, Rotraut Spindler, Moni Hille, Ute Friebel, Helga Sperber, ich, Liese Spahn –

– und Fee Vrohn.

Fee Vrohn, du hast dich mit vierzehn Jahren in mich reingesetzt, bist vier Jahre drin geblieben und hast von mir Hirn gefressen. Du hast es nicht gewusst. Ich damals auch nicht. Ich weiß es jetzt. Dein Wie-du-warst hat mich dumm gemacht damals. Dein geflochtener Haarkranz, ein Kunstwerk, nie in Unordnung, deine Haut, nie ein Pickel, dein Lächeln nie traurig, dein Gang ohne Schwäche, immer aufrecht, deine Beine länger als alle anderen Beine, deine tiefe Stimme, vielversprechend. Beste Schülerin, Beste in Sport, beste Tänzerin mit schönstem Tanzstundenherrn.

Du konntest schnell laufen, ich auch.

Ein Staffellauf in der Hauptstraße von Elversberg, unserem Städtchen. Die Ackerbucker, Berufsschule für Ackerbau und Viehzucht, gegen Erich-Weinert-Oberschule, unsere Schule. Links und rechts viele Zuschauer. Du und ich traten als Schnellste nebeneinander als Erste an. In die Hocke, auf die Plätze, fertig, Pfiff. Mich mit dir messen trieb mich in Vorlage, und die Vorlage klatschte mich aufs Pflaster.

Wir waren im Zeltlager. Fee Vrohn, mit fünfzehn Jahren, streiften wir kurz vor Zapfenstreich durch den Kiefernwald, wir sahen Blaubeerbüsche prall behängt, so weit das Auge reichte, wir pflückten gierig für die Münder, wir wollten mehr, wollten die Köstlichkeiten mit ins Lager nehmen, hatten aber nichts für den Transport. Du kamst aus der Hocke, drohend, ein aufgestellter Telegrafenmast, du hast gesprochen, und alle vier Mädchen gehorchten; Rotraut Spindler, Moni Hille, Ute Friebel und ich, Liese Spahn. Wir machen ein nächtliches Blaubeerenessen im Zelt, sagst du, zieht eure BHs aus und pflückt sie voll. Wir pflückten in die Körbchen, wir trugen in den Körbchen, wir aßen aus den Körbchen. Die Körbchen waren für immer verfärbt und versaut, wir mussten die Körbchen entsorgen, keine hatte einen zweiten BH. Wut, Ohs, Folter für dich, Fee Vrohn. Und du, Fee Vrohn, pflücktest in deine Turnschuhe!

Der erste Abend.

Ruhe, bitte etwas leiser, Ruhe, ich verstehe kein Wort! Das sonore Organ von Luise-Marie Teesenberg dringt nicht durch, drei Wessirentnerinnen, drei Ossirentnerinnen kreischen, zischen, schnattern, trompeten, zwitschern ihre Redeschwalle ihrem Gegenüber und nach nebenan zu. Luise-Marie Teesenberg, nochmals: Jetzt ist aber Schluss, ihr könnt doch nicht unsere vierhundertsiebzig Jahre an einem Abend einlösen! Da, der Matjes und die Kartoffeln, Rotraut hat so gut gekocht.

Nichts, keine Wirkung.

Ich spreche nicht, ich höre zu, ich sehe zu. Sechs große graue Krähen schlagen mit den Flügeln, langgestreckte Hälse, ihre Köpfe rote Handbälle, Augen hervorstehend, hacken aufeinander, bluten, weinen, werden sechs geduckte Mäuse, voller Mitleid füreinander:

… mein Mann hat die Wende nicht verkraftet. Erst war er wer, dann nichts mehr …

… Hiddensee, du konntest nach Hiddensee? …

… wir hatten dort eine Familie…

… er fing an zu trinken…

… aber jedes Westpäckchen ging an die Familie…

… mit ’nem dänischen Pass, was? …

… meine zwei Enkel spielen so gern Fußball …

... zwei in unsere Klasse, zwei waren bei der Stasi...

... du hast doch alles ...

... ich weiß es aus meinen Akten! ...

... keiner wurde gezwungen ...

... unser Tanzstundenlehrer, Herr Schenkengruber ...

... Schenkenhuber ...

... ja, ich weiß, es hat was mit Geburtstag zu tun ...

... ich habe Krebs, unheilbar ...

Ruhe.

Wir greifen alle zur Gabel, die Köpfe tief über den Tellern, wir essen Matjes. Außer Moni Hille, sie hat Krebs. Jetzt werden Kartoffeln zerdrückt. Endlich! Lecker!

Was hast du für einen Krebs, frage ich Moni Hille leise.

Jetzt wird gegessen, später dann, sagt Fee Vrohn und fragt Rotraut, fragt, eins zu eins, Zwiebel und Äpfel, Rotraut?

Der Geruch der zerquetschten Kartoffel, das Scheppern von Gabeln und Messern, das feige Schweigen aller. Ich stehe auf, ich laufe hinaus, draußen ist Regen, ich lasse mich abregnen.

Ein Strandfest ist angekündigt. Fred Zieren. *Fred Zieren mit Mannschaft singt für Sie Seemannslieder und Schlager. Wir erfüllen jeden Wunsch. Beginn 18 Uhr.*

Da gehen wir hin, sagt Helga Sperber. Wir gehen hin.

Fred Zieren als Kapitän, Mikro in der rechten Hand, gebleckte neue Zähne, verheißungsvoll, zu seinen Füßen auf Hockern drei Matrosen, Gitarre, Mundharmonika, Schlagzeug, grinsen zuversichtlich; Fred Zieren, schwarzer Schnauz, graues schütteres Haar, auch die Matrosen im Rentenalter wie wir. Bühne, Tanzfläche, lange Bänke, lange Tische, bunte Lampions, Würstchen, Bier und Bernsteinbuden. *Erna-Witze; Kein Schwein ruft mich an; Junge, komm bald wieder;* und, natürlich, *Polonäse Blankenese.* Mitsingen, Mittanzen. Luise-Marie Teesenberg und Fee Vrohn tanzen zusammen. Alles ist friedlich, bis es passiert.

Rotraut Spindler, Moni Hille, Helga Sperber und ich stehen untergehakt und schunkeln, Luise-Marie Teesenberg und Fee Vrohn tanzen vor uns, viele tanzen. Ein Aufschrei, schrilles Kreischen, ein Halbkreis, etwas liegt auf dem Bretterboden, kullert, hüpft, ein junger Mann in Jeans holt mit dem rechten Fuß aus, will es wegkicken. Luise-Marie Teesenberg steht abseits mit rotem Kopf, ihr Kopf schwitzt. Sie geht mit schweren Schritten in den Halbkreis, die Kapelle spielt, Fred Zieren singt: *Marmor, Stein und Eisen bricht, aber unsre Liebe nicht.*

Das Etwas liegt da, ein Tier, ein erschöpftes Tier. Rosa. Es ist ein Gummibusen, eine Prothese, sie gehört Luise-Marie Teesenberg. Sie hebt sie auf, drückt sie an sich, ein verloren gegangenes Kind. Wir vier schunkeln weiter, weil wir nicht wissen, was wir tun sollen. Luise-Marie Teesenberg guckt uns nicht an, geht vorbei an uns.

Wir schunkeln, unsere nackten Arme sind nass von Schweiß und kleben aneinander, wir lösen uns, wir folgen ihr im Gänsemarsch. Nicht nebeneinander, hintereinander. Ich gehe hinter Helga Sperber, ich strecke meine Arme aus –

Stillgestanden! Rühren! Im Gleichschritt Marsch! Liese Spahn! Ausgestreckte Arme! Ausgerichtet zum Vordermann! Wenn deine Arme schlapp machen, tanzt mein Stock!

Ich gehe nicht hinter Helga Sperber, ich bin nicht mehr auf der Insel Rügen, ich bin im Frauengefängnis Haltenberg bei Neu-Brandenburg. Vor fünfunddreißig Jahren. Ich war damals zweiunddreißig Jahre alt. Die Frau mit dem Stock, der zu ihr gehörte wie ihr Kraushaar, hieß Helga Schott. Helga Schott war mittelgroß, auf ihrem Rumpf ein runder Kopf, der nur geradeaus guckte. Sie drehte ihren Kopf nie. Wollte sie hinter sich, nach rechts oder links gucken, drehten sie nur ihre Füße. Jedem Frischling, einer Neuen, wurde von irgendwo ins Ohr gezischt: Ihr Kopf ist mit Alleskleber aus dem Westen angeklebt. Sie heißt Stockfisch.

Ich war damals in einem ausgelaufenen Zustand, hatte nach acht Monaten meinen Willen zum

Widerstand eingetauscht gegen eine Viererzelle. Statt der Achterzelle bisher. Und hatte auch noch zu spionieren versprochen. Danach hatte ein Wohlfühlen begonnen, das ganz langsam durch alle Ritze und Spalten wuchs. Wenn ich heute Acht aussprechen muss, ist mein Mund ohne Spucke.

Achterzelle: Ein großer Raum mit acht Betten, vier auf einer Seite, vier auf der anderen Seite, rechts von der Tür ein Klo mit grünem Plastikvorhang, ein Waschbecken, ein Regal mit acht Brettern, Ablage für die Utensilien der acht Frauen, in der Mitte ein Tisch mit acht Stühlen. Das Bett nahe dem Klo hatten sie für mich bestimmt. Zu den sieben anderen Betten gehörten sieben Frauen, Kriminelle alle; ich war die einzige Politische: eine Tantenmörderin, eine Ladendiebin, eine Brandstifterin, eine Dokumentenfälscherin, die übrigen drei waren Wiederholungsklauerinnen von volkseigenem Baumaterial. Die drei kannten sich, die dazugehörigen Männer saßen in Oranienburg. Die sieben waren eine Gemeinschaft, sie hatten eine Chefin, es war die Dokumentenfälscherin. Sie hieß Roswitha, sie bestimmte, was verübt werden musste, die anderen gehorchten ihr, das Grausamste machte sie selbst. Sie war wie ein Mann, stämmiger kurzer Körper, mit kurzen Säulenbeinen, der Kopf viereckig, Ohrring im rechten Ohr, drei gleichmäßig verteilte Fettwülste im Nacken, die Arme so dick wie die Beine und durchgehend mit Rosen tätowiert. Man nannte sie der Hammer. Dreimal in der Woche wurde ich von Oberleutnant Gerhard Schremm in seinem Büro verhört, dreimal in der Woche wurde ich nachher in der Achterzelle gefoltert. Bei den Verhören im Büro war Foltern verboten, in den Zellen fand es statt. Oberleutnant Gerhard Schremm wusste das.

Aua, bist du verrückt geworden! Mein Zurückdenken wird abrupt unterbrochen, vor mir geht Helga Sperber, sie schrie. Meine Arme liegen noch immer ausgestreckt auf ihren Schultern, meine Finger habe ich in ihr Fleisch gekrallt. Die anderen gehen, jede für sich weiter, jede Frau wollte allein gehen.

Abends gibt es Spaghetti, über den falschen Busen von Luise-Marie Teesenberg kein Wort. Ich habe Küchendienst, sechs ältere Frauen sitzen viel zu früh am Tisch, keine spricht, ihre Augen sind in Erwartung auf mich gerichtet, als hätte ich auch einen falschen Busen verloren. Das Spaghettiwasser blubbert, ich schaue auf die tanzenden Blasen.

Da kommt es, da ist es da. Ich drehe mich um, Rotraut Spindler hat angefangen, die anderen folgen ihr. Sie schlagen gleichen Takt mit Löffel und Gabel auf ihre Teller, ein drohender Rhythmus schlägt mich, die Gabeln bohren sich in meinen Körper, Schweiß. Da schreie ich: Aufhören, sofort aufhören!

Mein Kochlöffel fällt zu Boden, ich schlage um mich, meine Faust trifft den Küchenschrank, ich gehe zu meinem Stuhl und fange leise an zu sprechen.

Ihr wisst ja, ich war ein Jahr im Gefängnis, ich weiß, ein Jahr klingt wie kein Jahr. Ich war mit sieben Frauen in einer Zelle, Kriminelle alle, Bestien. Du freust dich morgens auf den Kaffee, da nimmt eine Bestie deinen Becher, pinkelt rein und sagt, du wolltest doch Kaffee mit Sahne. Du willst ins Bett gehen, um zu weinen, ist das Kopfkissen mit Scheiße eingestrichen. Ich war vier Wochen dort, abends, sie führten mich vom Verhör zurück, wieder hatte Oberleutnant Schremm vorgeschlagen, ich soll für die Stasi arbeiten, wieder hatte ich nein gesagt. Es war schon längst Lichtausmachen gewesen, die Frauen saßen im Kreis am Boden, in der Mitte brannte ein Kerzenstummel, jede hielt im Schoß den Teller, in der Hand den Löffel. Der Tisch stand unter dem Fenster an der Wand. Da fingen sie an zu klopfen, leise, im Takt, mit dem Rücken des Löffels auf die Blechteller. Ich tastete zu meinem Bett. Ich hatte Angst wie noch nie in meinem Leben. Roswitha, genannt der Hammer, an beiden Armen tätowiert, die grausamste von allen, ihre Anführerin, stand auf, die anderen Frauen hörten auf zu schlagen, es wurde still. Hammer sagte: Die Zeit ist reif. Deine große Stunde. Heute ist dein Tag. Entjungferung.

Ich war vor Angst nicht da. Ein Rinnen an meinen Beinen weckte mich. Ich hatte mich angemacht.

Hammer kam auf mich zu, in einer Hand ein weißes Taschentuch, in der anderen eine Tasse mit roter Paste. Paprika. Pfeffer. Essig. Jetzt wird sich zeigen, sagte Hammer, ob du noch Jungfrau bist. Drei Frauen packten mich, schmissen mich auf den Tisch, spreizten mir die Beine. Das Taschentuch, der Finger eingetunkt in die rote Paste, und dann in mich unten rein; tief.

Ich wachte in der Krankenstation auf.

Als ich den ersten Tag wieder in der Zelle war, setzte Hammer sich an mein Bett, in der rechten Hand eine Rasierklinge: Ein Wort von dir und du wirst beschnitten.

Stille.

Luise-Marie Teesenberg steht auf, geht zum Herd und sagt, Mensch, Liese, das Spaghettiwasser ist weg, der Topf ist leer.

2

Am zweiten Tag gehen wir untergehakt auf der Uferpromenade, eine Vierergruppe und eine Dreiergruppe. Rotraut Spindler in der Vierergruppe fängt zu singen an: *Brüder zur Sonne zur Freiheit, Brüder zum Lichte empor*. Keine singt mit. Moni Hille, in sie eingehakt: Da kannste noch so viel von Sonne und Licht singen, heute rechnets.

Fee Vrohn schreit: Halt, anhalten, hier müssen wir Fotos machen, hier der Baum, er ist es, die Kerbe, ich hatte mich drangelehnt, Manfred, hier hatte er meinen Busen in der Hand, ich war fünfzehn, mir war so schwindlig, ohne Baum wär ich glatt hingeklatscht.

Fotos. Schwindlig. Hinklatschen. Ich stehe im Hof vom FG Haltenberg. Morgens von 10:00 bis 10:30, nachmittags von 16:00 bis 16:30, eine Seite von jedem Stockwerk. Es waren vier Stockwerke, jede Seite hatte sechzehn Zellen, unsere Seite waren die 8er-Zellen. Bei Hofgang waren wir um die hundert Frauen. Hof: 44 mal 37 Meter. Wir mussten hintereinander gehen, Abstand eine Armlänge. Helga Schott kommandierte. Helga Schott mit dem Alleskleberkopf, Helga Schott mit dem Stock, Helga

Schott mit dem Schlangenring. Eine Strafe von ihr: Ausgestreckte Arme; 5, 10, 20 und 30 Minuten. Wenn eine entlassen wurde, gab's Gruppenfotos, Urlaubsfotos vom FG Haltenberg. Das Kommando dazu von Helga Schott: Wir zeigen die Zähne und sagen dabei *herrlich*.

Ich stoße an Ute Friebel. Sie geht vor mir in der Vierergruppe, bleibt plötzlich stehen. Kinder, ich hab Kohldampf, da vorn in der Bude gibt's die besten Fischbrötchen. Begeisterung. Moni Hille jault ihnen nach: Denkt dran, heut Abend gibt's Königsberger Klopse, ich koche!

Königsberger Klopse verwischen FG Haltenberg, die gierige Fischbrötchengruppe ist verschwunden, ich hake mich ein bei Moni Hille, lasse mich mit jedem Schritt ein Jahrzehnt zurückfallen, und die Fischbude und das FG Haltenberg rücken in die Zukunft: Moni Hille und ich sind zehn Jahre alt.

Ich war gern bei euch, bei euch war es immer anders als bei anderen, dein Vater war schön, deine Mutter spielte auf einem kleinen Klavier.

Das hab ich noch, sagt Moni Hille.

Ich war süchtig nach der Sprache deiner Eltern. Königsbergisch. Und nach dem anderen Essen.

Mein Vater war Erfinder; sie waren nie böse, wenn jemand kam.

Das alte Spinnrad deiner Mutter. Gibt's das noch?

Mensch, Liese, der Duft in eurer Backstube, Liese, der Duft war toller als Chanel Nr. 5.

Otto, mein Urgroßvater. Dem gehörte sie schon, Konditorei Spahn. Otto Spahn. Mein Großvater Willem Spahn erzählte mir, als er klein war, musste er für seinen Vater in der Backstube Fliegen fangen. Zwanzig Fliegen für einen Groschen. Ich war lieber bei meinem Vater in der Backstube als in der Stube.

Liese, du hattest doch zwei Brüder?

Ja, sogar Zwillinge, Heinz und Siegfried. Sie waren Soldaten, Fünfundvierzig sind sie stiften gegangen, Fahnenflucht. Es war um fünf Uhr früh am 8. Mai 1945, am Tag der Befreiung. Bei uns in Elversberg an der Kanalbrücke vom Elversberger Volkssturm abgeknallt. Siegfried hat ein weißes Taschentuch geschwenkt und denen zugerufen, ich bin's, Siegfried. Und Heinz. Ihr kennt uns doch, wir sind Elversberger. Dann hat einer geschossen, zweimal. Mensch, Paul, hat ein anderer gerufen!

Komm, Liese, wir müssen uns beeilen. Hieß nicht der Vater von Fee Vrohn Paul?

Wir gehen zügig. Der Ostseewind zerrt an mir und meinen Kleidern, doch der Geruch der Backstube ist stärker als er, den kann er nicht wegblasen. Sauerteig, Mandeln, gebrannter Zucker, Kakao, Zimt, Pottasche, Mohn, Honig; frisch gedrehter Baumkuchen. Ab 1955 wurde meinem Vater verboten, Baumkuchen herzustellen. Es hatte von uns seit 1867 Spahn-Baumkuchen gegeben. Ab 1955 gab es von uns keinen Baumkuchen mehr. Es gab in der DDR überhaupt keinen Baumkuchen mehr. Baumkuchen gab es nur in Westdeutschland, und der kam vom VEB Baumkuchen aus der DDR. Aus Salzwedel, nicht weit von uns. Aber wenn Papa, Mama oder ich Geburtstag hatten, gab's trotzdem einen großen Spahn-Baumkuchen, fein und saftig, die Zuckerglasur besonders zart und dünn aufgepinselt, es war eben nicht nur Zuckerwasser mit Zitrone, wie ihn die anderen machten, die Rezeptur von Urgroßvater Otto Spahn war ein großes Geheimnis.

Ute Friebel ruft uns entgegen: Ihr habt was verpasst, die Fischbrötchen waren superleckergeil. Ute Friebel ist 66 Jahre.

Warum bin ich mitgefahren nach Rügen? Warum bin ich hier? Mit den Frauen? Die Erinnerung an das qualvollste Jahr meines Lebens kommt oft zu mir zurück. Beim Arbeiten, beim Fernsehen, beim Putzen, beim Beischlaf, früher, aber hier auf Rügen war aus dem FG Haltenberg ein unberechenbares Monster geworden. Es kann kneifen und bohren, es überschwemmt, es lauert hinter deinen Worten, es zeichnet, brennt und spricht, es ist überall, es kann sich verstecken oder es stellt sich tot. Hier auf Rügen, wo die Erinnerung ein Kind ist, wird sie geschändet. Erinnerung Monster, Erinnerung Mensch? Fee Vrohn, hat dein Vater meine Brüder erschossen? Siegfried und Heinz? Fee Vrohn. Wir waren auf Klassenfahrt im Harz, Tropfsteinhöhle Hermannshöhle. Die lange Anfahrt, die letzte Führung, nur wir, die Schulklasse. Es war der 14. Juni, wir waren fünfzehn Jahre alt, in der Höhle war es kalt und nass. Ich war begeistert von dem Naturwunder, du kanntest es bereits. Wir beide waren die ersten in unserer Gruppe, du sagtest: Ich war schon mal hier, ich zeig dir jetzt etwas Einmaliges, was du nie vergessen wirst. Du führtest mich sicher durch schmale Seitengänge, bliebst plötzlich stehen. Warte hier auf mich, ich muss meine Taschenlampe holen, die ist im Rucksack vorn am Eingang. Ich wartete. Ich wartete weiter. Ich wartete noch weiter. Ich wartete noch immer weiter. Das Licht ging aus, die Stimmengeräusche wurden dünner und dünner, ich wartete nicht mehr. Fee Vrohn, du bist nicht zurückgekommen. Das Schwarz reicht nicht aus, um das Dunkel zu beschreiben. Ich hatte beim Hinweg nicht aufgepasst, ich war hinter Fee Vrohn hinterhergetappt. Ich stand still, völlig, rührte mich nicht. Schlafstille. Ich hatte Angst, jemanden aufzuwecken. Ich fasste mit der linken Hand hinter mich. Nasse, rissige Fläche. Ich drehte meine Füße langsam, meine Stirn, meine ausgestreckten Arme hingen angesaugt an der Fläche. Kalte Steine pinkelten mich kalt an. Luftgeräusche. Ein Schlagen, ein Zittern, ein Hecheln. Explosionen. Ich wollte den Feind besänftigen und fing an zu singen. *Es klappert die Mühle … Klippklapp,* kam als Echo zurück. Die Zeit war weg, Angst kam. Ich kroch in einen Sack, den es nicht gab, und hielt ihn oben mit meinen Händen zu. So fand man mich drei Stunden später.

Blendung durch Taschenlampen, Gepolter, Getöse, Gerufe, die Stimme von Fee Vrohn hallt: Liese, Liese, ich komme, Liese, es tut mir ja so leid, Liese, aber Ullrich ist ausgerutscht, hat sich verletzt, geblutet, ich musste ihn verarzten, er hatte Schmerzen, dann kam noch Helga, die hatte eine Sandale verloren, Liese, da hab ich dich vergessen, Liese, es tut mir ja so leid, Liese, drei Stunden, ich hab auf die Uhr geschaut, drei Stunden warst du hier allein, o Liese, drei Stunden. Bei der letzten Liese stand sie neben mir.

In diesen drei Stunden hatte ein Samen bei mir angeklopft. Er wurde freundlich aufgenommen, ihm wurde versprochen, er würde prächtig gedeihen in mir. Der Samen hieß Vergeltung.

3

Der dritte Tag geht zu Ende. Wir haben das Häuschen für sieben Tage gemietet. Heute ist das Programm das Jagdschloss Granitz gewesen, morgen wird es eine Fahrt nach Hiddensee sein. Heute kocht Helga Sperber. Sächsisch. Helga Sperber kommt aus Leipzig, sie liebt Leipzig, sie fährt in die Ferien nach Leipzig, sie spricht Leipzigerisch, heute Abend kocht sie den »Leipziger Kartoffeleintopf«, ein Rezept ihrer Leipziger Großmutter. Und als Nachtisch gibt es sächsische Eierschecke. Helga Sperber geht nicht mit uns auf den Aussichtsturm, Helga Sperber will den ganzen Tag für uns kochen. Ich werde euch, ruft sie uns strahlend nach, sächsisch verwöhnen!

Helga Sperber gehört zu den Dagebliebenen. Zu denen, die nicht in den Westen gemacht haben. Die nicht getürmt sind.

Am Abend liegt in jedem Teller in sorgfältiger Schönschrift das Rezept der Leipziger Großmutter:

Eine große Handvoll Steinpilze wird in Weißwein eingelegt, zugedeckt und für eine Stunde stehen gelassen. In einen großen Topf tut man zwei Zwiebeln sowie zwei Knoblauchzehen und lässt sie in guter Butter langsam glasig werden. Sechs Kartoffeln werden geschält und mit vier Mohrrüben und drei Lauchstangen kleingeschnitten und dazugetan. Das Ganze mit Gemüsebrühe auffüllen, viel Majoran und etwas Pfeffer, vorsichtig Salz (Gemüsebrühe!) dazutun, gar werden lassen und beiseitestellen. Nun werden die eingelegten Pilze durch einen Kaffee-Filter abgegossen (Sand!), die Weißwein-Sur wird aufgefangen und mit den Pilzen dem Gemüse beigemengt. Einen Viertelliter süße Sahne einrühren, umrühren, eventuell nachwürzen. Guten Appetit!

Na, Helga, hast wohl zu oft *Das perfekte Dinner* gesehen?

Wer seit zwanzig Jahren *Verbotene Liebe* sieht und bei Abwesenheit aufzeichnen lässt, sollte schweigen!

Was ist denn bei der Suppe leipzigerisch, die Pilze oder die Rüben?

Meine Großmutter!

Walter Ulbricht kommt auch aus Leipzig.

Leipzig, mein Gott, Leipzig, was haben da für Menschen gewirkt, Goethe und Bach.

Und dann der freie Fall auf Ulbricht.

Ulbricht kam aus Plauen.

Nein, er und seine Lotte kamen aus Leipzig.

Die Linzer hatten Hitler, die Leipziger ihren Ulbricht.

Ooch, seid nich so böse!

Und die Demonstrationen? Die haben sich reingewaschen.

Zu spät.

Wenn schon Leipzig, warum nicht Leipziger Allerlei?

Mir ging's in Leipzig besser. Jetzt bin ich am Existenzminimum.

Lasst doch eure Wut nicht an der armen Kartoffelsuppe aus.

Ruhe, jetzt wird gegessen.

Mampfen.

Na ja.

Wie kann man seine Suppe nach Ulbricht nennen?

Es wird lärmend, sie posaunen gleichzeitig vor sich hin.

An der Grenze die Sachsen, ich liebe sie, die Statistik sagt, wusstet ihr, dass sie, und diese Sprache, das waren die schlimmsten, diese Sprache, mein Gott, Plauener Spitzen, ich liebe die Sachsen, das West-Fernsehen konnten sie ja nicht, meine Mutter hat noch bis 45 in Operetten, Leipziger Messe bitte schön, gelacht über sie, Plauener Spitzen weltweit, meine Schwester, und Karl May, Christstollen, meine Schwester hat, Thomanerchor, und Karl May, immer zu Weihnachten.

Helga Sperber steht auf, sammelt die Suppenteller ein und bringt die Eierschecke.

Ich sage ihnen: Hört mal, ein sächsischer Freund meiner Eltern aus Meißen, ein Tierarzt, der türmte kurz vor der Mauer in den Westen, der ließ viel zurück, seine Eltern, seine Freundin, eine uneheche Tochter, seine Praxis. In seinen Briefen schrieb er meinem Vater, ich vermisse nichts bis auf eines, und das ist schmerzlich, ich vermisse den Biss in die Eierschecke. Niemand kennt sie hier, niemand will sie hier, niemand kann sie hier backen. Ein Königreich für eine Eierschecke.

Also Bienstich is ma lieba.

Ich sitze als siebente quer ums Eck am Tischende, ein Hochsitz, ich bin Jäger, nehme meinen Suppenlöffel und knalle sie ab, eine nach der anderen. Peng, peng, peng, peng, peng, peng.

Heute geht's nach Hiddensee. Mit dem Schiff auf die Insel Hiddensee. Am Hafen ein Schild, Hiddensee, ein Juwel ohne Autos. Ein asphaltierter Hauptweg, drauf schlendernde, stolzierende, wandernde Menschenblasen, Fischbrötchen schmatzende, aus Plastikflaschen trinkende, sich zublökende, wie schön die Insel ist, obwohl sie nebeneinander gehen. Häufiges Beiseitespringen, um den Pferdekutschen Raum zu geben, Pferdekutschen, in ihnen tote Rentner, die einander durch lautes Quietschen wecken, wenn die Pferde vom Trott in Trab wechseln. Rechts und links gleiten überfüllte Fress- und Sauftankstellen vorbei.

Ich gehe mit Helga Sperber, sie zeigt mir das Haus, wo sie in der DDR Ferien machen durfte. Im Winter ein Schuppen für Geräte, im Sommer vermietet an uns, hat uns viele Westpäckchen gekostet, sagt Helga Sperber.

Pause um neun Uhr zehn an unseren Tisch. Vor meinem Stuhl, Fee Vrohn, stand er, nicht vor deinem! Vor meinem! Ich war so erregt, dass mein Kopf auf meine Brust abknickte, ich sah seine Füße, ich sah gemeißelte Zehen aus Marzipan, ich sah den kleinen Dirigenten, es war zum Anbeißen, es war Glück.

Weg waren die Sandalen, ich hob langsam den Kopf und hörte dich, Fee Vrohn: Udo Stuckenschmitt kommt zu uns an den Tisch, und du, du Tratsche, ignorierst ihn. Der kommt nie wieder an den Tisch, und du bist schuld, Trampel.

Die Pause war zu Ende, die Kapelle spielte wieder. Udo Stuckenschmitt sah mich an, immer wieder, immer wieder sah er mich freundlich und, Fee Vrohn, eindeutig an. Nicht dich, Fee Vrohn, mich!

Zweite Pause, 22 Uhr 10. Wieder kam er an unseren Tisch, stand vor mir, sah mich an, sagte, warte auf mich, ich bring dich nachhause; sagte das schroff. Ich nickte mehrmals. Du, Fee Vrohn, bist aufgesprungen, dein Stuhl mit einem Ruck in deinen Händen, eine Waffe, ich hörte dich laut einatmen, du sagtest Hure, dann schlug dein Stuhl mit einem lauten Kracher auf den Boden. Nun sah ich dich von hinten, fühlte mich schlecht, fühlte mich ausgesetzt ohne dich an unserem Tisch. Ich sah nicht mehr auf seinen kleinen Dirigenten, ich sah öfter auf das Schild neben dem Podest *Zur Gaststube.*

Udo Stuckenschmitt brachte mich nachhause, ich war so aufgeregt, dass ich zuhause nicht mehr wusste, was er alles zu mir gesagt hatte. Wir standen vor meiner Haustür. Ich hörte mich sagen, unser Schulfest ist in vierzehn Tagen, am Samstag, dem 27. Juni in Schlüters Festsälen, heute in vierzehn Tagen.

Da hab ich frei, sagt Udo Stuckenschmitt, wenn du mich einlädst, könnt ich da mal tanzen. Er bat mich um meine Telefonnummer. 26 7 85. Wir hatten nichts zum Aufschreiben. Er sagte, jede Zahl bist du. Die Zwei sind deine grünen Augen, die sechs deine süße Stupsnase, die Sieben deine roten Lippen. Die Acht, das sind deine – Hurra, ich hab mein Lieschen gefunden!

Da gab ich ihm rasch die Hand und wünschte gute Nacht.

Ich lag allein in meinem Bett in seinen Armen.

Am nächsten Morgen rief er an: Ich freue mich, ich bin um acht am Eingang.

Am Montag, Fee Vrohn, in der Schule, in der ersten Pause, musste ich dir alles genauestens erzählen.

Ich wartete am Eingang. Von 7 Uhr 30 bis 9 Uhr und von 9 Uhr 30 bis 10 Uhr. Die letzte halbe Stunde musste ich mich wo anlehnen. Fee Vrohn, du kamst zweimal bei mir vorbei und sprachst mich an: Du Arme, wartest du immer noch, vergiss ihn, der ist es nicht wert.

Nach den Sommerferien, am ersten Schultag,

Fee Vrohn, holte dich Udo Stuckenschmitt nach dem Nachmittagsunterricht ab. Ich sah euch gebannt zu. Ihr wart vertraut, drei Monate lang wart ihr sehr vertraut. Dann suchtest du dir Winfried Deixler aus.

Fünf Jahre später saß ich im Zug von Magdeburg nach Elversberg, mir gegenüber saß Udo Stuckenschmitt. Große Verlegenheit von ihm und mir. Er nickte, ich nickte, er starrte. Aber nicht auf meinen Mund, meine Nase, meine Augen. Er starrte auf meinen Busen. Und sah wieder weg. Und starrte wieder. Und wieder und wieder. Und immer wieder auf meinen Busen. So schüchtern wie vor fünf Jahren war ich nicht mehr, ich traute mich: Ist was mit meinem Busen? Warum starrst du immer auf meinen Busen?

Udo Stuckenschmitt wurde rot, sein rechter Mittelfinger begann langsam auf der Sitzfläche einen Rhythmus zu schlagen. Ich suchte seinen kleinen Dirigenten. Udo hatte Schuhe an. Nun wippte auch der linke Fuß, und zwischen seinen Zähnen zischte es: Dschkan ich dir nicht sagen. Hier im Zug erschst rcschnich.

Ich ließ nicht locker: Gut. Wenn wir angekommen sind, gehen wir in den Wartesaal. Udo Stuckenschmitt nickte. Ich sah aus dem Fenster links, er aus dem Fenster rechts, wir sprachen nichts.

Wir waren allein im Wartesaal, wir saßen nebeneinander auf einer Bank. Ich stupste ihn am Ellenbogen, nun sag schon! Udo Stuckenschmitt stand auf, kniete nieder vor mir, sah wieder auf meinen Busen, zog meinen Kopf nah zu sich:

Damals in Schlüters Festsälen, wo ich gespielt habe, ich hatte mich in dich verliebt. Kurz vor eurem Schulfest kam deine Freundin Fee Vrohn zu mir, sie hatte Tränen in den Augen, umarmte mich und sagte: Meine beste Freundin Liese Spahn schickt mich, denn sie selbst kann es dir nicht sagen, sie schämt sich zu sehr. Dann fing sie zu weinen an: Meine Freundin Liese Spahn hat drei Busen.

Eine sachliche Ruhe kam über mich, ich zog die Beine hoch an meine Knie, trat gegen die Brust von Udo Stuckenschmitt; er lag, ich stand. Ich schälte mich langsam aus meiner Bluse, hakte den BH auf und zeigte Udo Stuckenschmitt meine beiden kleinen, prallen Brüste. Eine Weile.

4

Am vierten Tag zeichnet sich eine Trennung ab. Die Hiergebliebenen, die nicht getürmt sind, die Dauerossis, Helga Sperber, Ute Friebel und Rotraut Spindler, halten die nicht auffallend zusammen? Bei der Kartoffelsuppe fing es an, und gestern auf Hiddensee traten sie als untergehaktes Knäuel auf. Wenn eine von uns republikflüchtigen Wessis die drei auf dem langen Hauptweg in Hiddensee zufällig überholte, summen sie auf Kommando zweistimmig das FDJ-Lied: *Wenn wir schreiten Seit an Seit / Und die alten Lieder singen* ...

Wir saßen im Biergarten Wieseneck. Sie kommen später, an den Nebentisch hinter uns. So laut, dass wir's hören mussten:

Vor der Mauer war die Insel noch ein Traum, aber die Wessis müllen sie zu.

Die sollen nach Mallorca fahren.

Trampeln den Hauptweg hin und zurück und sagen, wir waren auf Hiddensee.

Oberflächliches Pack. Na ja, nicht alle. Viele.

Wir spielen schwerhörig.

Heute am vierten Tag, heute scheint die Sonne, heute gibt es Strand. Ich komme von oben, von den Schlafzimmern, bin auf der Treppe und bleibe stehen. Rotraut Spindler (Ost) deckt lieblos den Frühstückstisch, kläscht klirrend mit den Tellern, schmeißt mit Messern, Gabeln und Löffeln. Moni Hille (West) kommt vom Brötchenholen, stellt sich neben sie und schaut ein Weilchen der Unternehmung zu. Nun hebt sie die prall gefüllte Brötchentüte hoch, schlägt einmal gründlich drauf, die Tüte platzt, und vierzehn Brötchen klatschen herunter, springen gegeneinander, springen auf den Tisch, hopsen vom Tisch auf den Fußboden.

Moni Hille: Na, Rothaut, Bomben? Brötchenbomben? Zufrieden?

Rotraut Spindler guckt finster.

Ach, Rothaut, das reicht dir nicht? Dir fehlt das Blut? Kein Problem, Rothaut. Moni Hille nimmt das große Glas Himbeermarmelade und kleckst den roten Saft brutal auf die Teller. Ich schreie, halt, die Marmelade ist von mir, springe von der Treppe, rette die Marmelade. Meine flinken Hände helfen, zehn Minuten später sitzen sieben Frauen schweigend am Frühstückstisch. Nur Luise-Marie Teesenberg ist zum ersten Mal in den vier Tagen ausgelassen, guter Dinge und übermütig. Was ist denn heute los, gibt's denn heute, sagt sie, keine weichen Eier?

Der Strandtag soll bis Mittag gehen, dann kommen Wolken. Die Ostformation hat eine Strandburg geschaufelt, drei mal siebenundsechzig Jahre liegen nackt, selbstbewusst in ihrem Loch. FKK, Freie Körperkultur, war zu unserer DDR-Zeit sehr, sehr beliebt. Ich erinnere mich, denn ich bin ja erst seit 1975 eine Wessi. Nackt sein, das ist frei sein, nackt sein, das war tausendmal besser als im Badeanzug unter Palmen in Rimini; so redete man sich gut zu mit zwanzig. Wir dachten nicht an die Mauer, wenn wir nackt waren.

Ich stehe in der Nähe der Ossiburg, ich betrachte die Schulfreundinnen. Da liegen sie mit siebenundsechzig Jahren, zwanzig Jahre nach dem Fall der Mauer. Die Grenzen sind weg. Sind sie hilflos ohne Grenzen? War die Grenze ihre große Ausrede? Benutzten sie die Grenze? Wie ein Tempotuch? Reinrotzen und wegschmeißen? In Magdeburg ist mir mein Alter ab, in Hannover wär mir das nicht passiert. In Plauen bin ich fett geworden, in Göttingen wär mir das nicht passiert. Ich beobachte sie, sie verstecken sich hinter ihren Falten. Sie rauchen. Wenn sie an der Zigarette ziehen, sind sie neugierige Nuckelkinder, kommt der Qualm wieder raus, beleidigte alte Suppenhühner.

Ich schaue ihnen zu, verdecke mit dem linken Arm meine Augen, will sie schützen, zu spät, ich weine. Etwas. Hilflos, ich fühle mich hilflos. Obwohl ich ein Jahr im Gefängnis saß, bin ich nicht parteiisch. Ich höre zu, jetzt höre ich Helga Sperber zu.

Helga Sperber ist nicht größer geworden, Helga Sperber war klein und ist klein geblieben. Ihr Gesicht, ein mit Wasser abgespritzter Boskop-Apfel.

Nie glänzte sie schweißig, sportlich glänzte sie; das ist ihr geblieben. Ihren einstmals drahtigen Körper hat sie aufgegeben, ihre Haare, die schulterlang hübsch waren, sind wie beinah alle Haare in dieser Altersklasse kurz, grau und praktisch. Ich habe sie während der Schulzeit bewundert, sie hatte nie gelogen.

Jetzt raucht Helga Sperber, während sie spricht. Sie zieht gierig. Will den Qualm, behält den Qualm; mal kurz, mal lang. Das Rauslassen: mal zarte Wölkchen, mal lautes Blasen, gezielt, um zu verstärken, was sie sagt.

Liese, du musst dich doch erinnern, nach der Schule, wir war'n fünfzehn, es war Sonnabend nach dem Fahnenappell, wir trugen die Blauhemden. Bei dir am Fahrrad, an der Lenkstange hing ein Netz, im Netz war eine Hortensie, die solltest du zu einer Kränzchenschwester deiner Mutter bringen, die hatte Geburtstag. Wegen der Hortensie schoben wir die Räder. Schumbartstraße, Hoffmannsche Straße, Karl-Erich-Scheven-Straße. Hinter uns ging Fee Vrohn. Wir hielten an. Ich kann die alte Dame nicht mit dem Blauhemd erschrecken, sagtest du. Du zogst es aus, rolltest es zusammen, hast es in den Gepäckträger geklemmt. Beim Fahnenappell am Montag trat Helmuth Blohme vor uns hin: Liebe FDJlerinnen und FDJler! Mir ist zu Ohren gekommen, dass ein Mitglied von uns, kaum dass die den Schulbereich verlassen hatte, sie ihr FDJ-Ehrenkleid angeekelt vom Körper gerissen und zusammengeknüllt in den Gepäckträger ihres Fahrrads geklemmt hat. Liese Spahn, vortreten.

Mensch, Liese, dass vergess ich nicht. Ich habe noch nie so ein Rot bei einem Menschen gesehen wie dein Kopf, Liese! Dann der Blohme:

Du hast dich geschämt, das FDJ-Ehrenkleid außerhalb der Schule zu tragen. Dieser Vorgang ist eine Beschmutzung der FDJ! Strafe: drei Monate kein Tragen des Ehrenkleides, drei Monate Ausschluss aus der GST. Für die FDJ-Zeitung schreibst du: »Warum habe ich gegen die FDJ-Statuten verstoßen?«

Mensch, Liese, ich war das nicht, ich habe dich nicht verraten, jetzt mit siebenundsechzig könnt ich es sagen, nicht ich, nicht ich war es, Liese, ich nicht. Schweigen.

Der ausgeblasene Rauch ist das einzige Lebendige zwischen uns, mit jedem neuen Zug an der Zigarette raucht sich Helga Sperber Mut an: Ich habe an die DDR geglaubt!

Ich bin in Leipzig bei meiner Großmutter aufgewachsen; meine Großmutter, eine Leibeigene, 1895 geboren, Riesenfamilie, mit zwölf Jahren wird sie für Kost und Logis vermietet, ihre Aufgabe ist es, für sechs Kinder zwischen einem halben und acht Jahren da zu sein, ihre eigene Familie hatte einen Esser weniger. 1920 bekam meine Großmutter meine Mutter unehelich. Ihr Leben Krampf, Verzicht,

Hohn, Schuften. Meine Mutter arbeitet 1940 als Küchenhilfe im Hotel Sternen in Oschersleben, verliebte sich in den Koch dort, Jugoslawe, Feind, der Oberkellner zeigt sie an deswegen, die Gestapo holt ihn ab, 1941 werde ich geboren, 1943 erfahren wir, dass mein Vater im KZ Oranienburg an Lungenentzündung gestorben ist. Ich kam zu meiner Großmutter nach Leipzig, meine Mutter sucht sich Arbeit da, wo's Arbeit ohne Kind gab. – Meiner Großmutter geht es nach dem Krieg in der Sowjetzone so gut wie noch nie vorher in ihrem Leben, immer wenn ich nachhause kam, vom Kindergarten, später von der Schule und den Jungen Pionieren, sagte sie, fast täglich sagte sie das: Helga, so gut wie jetzt in der DDR ist es mir noch nie gegangen.

Pause. Liese, ich liebte meine Großmutter, sie hat mich geprägt, sie war mein Denken, was sie aussprach, war mein Glaube. Fernseher hatten wir nicht. Ich glaubte an die DDR.

Helga Sperber spricht, spricht, spricht immer schneller, spricht immer höher, spricht ohne Bremse, die Stimme kippt, die Zigaretten glimmen nervös, immer wieder neue, Rotraut Spindler und Ute Friebel rechts und links als Garanten Helgas, immer wieder abwechselndes Mutholen des Oberkörpers Helga Sperbers aus ihrer Garde, deren immer schnelleres Nicken, immer kürzere Abstände, ihr Körper fängt zu zucken an, Veitstanz. Ich will, dass es aufhört. Ein Eichhörnchen! Ganz nah bei uns, hinter der Dreiergruppe. Ich deute auf das kleine liebe Tier. Stille. Drei Zigaretten drehen sich um, beim Anblick des flüchtenden Eichhörnchens, Aufschreie des Entzückens. Wieder Pause.

Mein Körper ist schwach, mein Kopf hat Durchfall, es ist erst der vierte Tag, und es ist erst Nachmittag. Bin gleich wieder da! Ich verlasse sie, ich bin auf dem Strandweg, der die Dörfer miteinander verbindet, ich bleibe stehen und schäme mich schon wieder. Die Ossis, die begründen, die verteidigen, die sich entschuldigen, warum sie dageblieben sind. Warum kann ich nicht zuhören?

Hinter mir keucht es, hinter mir stampft es, hinter mir pfeift es, es kommt das Schwergewicht Rotraut Spindler. Sie ist die einzige unserer Klasse, die an ihrem achtzehnten Geburtstag in die SED eintrat; sie heißt seit diesem Tag Rothaut. Nicht immer, manchmal. Ich bin höflich, ich halte an. Rotraut Spindler steht vor mir in Vorlage, Halt suchend, Augen geweitet, glasig, mit dem Gesicht Ich-weiß-nicht-was-ich-sagen-soll. Das dauert. Sie kriegt schwer Luft, Kettenraucherin. Da, ihre Hand holt ein Päckchen Zigaretten aus der Hosentasche, meine Hand schnappt ihr Handgelenk, Umklammerung, das tut weh, sie stöhnt, die Zigaretten purzeln auf die Erde. Rotraut Spindler schaut hinterher, als wären Perlen gefallen. Ich halte sie fest, wir gehen nebeneinander, stumm, die Zigarettenschachtel bleibt liegen. Nach 10 Minuten putze ich mir die Nase, ihre Hand wird frei, Rotraut Spindler läuft zur Schachtel zurück, ein Hund, der kehrtmacht, um seinen vergessenen Beutestock zu sichern. Sie kommt nicht zurück, ich bin wieder allein auf dem Strandweg.

Ich bin in einer Auf-der-Flucht-Stimmung, ich zähle meine Schritte, ich zähle die fetten Menschen, die vorbeigehen, ich zähle die Bänke, die in Abständen rechts am Weg stehen. Jeder dritte Mensch hat Krebs. Wir sind sieben Frauen, zwei haben Krebs. Luise-Marie Teesenberg hat Brustkrebs (falscher Busen!) und Moni Hille auch (am ersten Abend beim Matjes: Ich habe Krebs unheilbar). Wer noch von uns ein wenig? Ich?

Heute ist der vierte Tag. Ich teile mit Moni Hille ein Zimmer, ich teile mit ihr ein Bett, wenn sie sich auszieht, schaue ich weg. Wir haben in den vier Tagen über vieles geredet, Kindergeburtstage, ob Florenz schöner ist als Barcelona, Tanzstundenball in Schlüters Festsälen, ob man Tomaten auch im Topf ernten kann. Nichts über, warum ihr Krebs unheilbar oder vielleicht doch heilbar sein wird. Eine ganze Nacht lang, die zweite Nacht, hat sie mir über ihre Flucht 1945 aus Schlesien erzählt. Der zugefrorene Oderbruch, Pferdewagen, Großeltern, Mutter, Schwester, ihr Bruder, ein Baby von drei Monaten. Im Mund kaut die Mutter altes Brot weich und gibt es den Kindern. Ich lag neben Moni Hille im Bett auf dem Rücken. Die Furchtbarkeiten, das fragende Auge eines Pferdes, ist das der Dank, warum werde ich erschossen, türmten sich auf meiner Bettdecke, das Grauen, Klaus tot, die Babyleiche im Kartoffelsack, die im aufgehackten Eisloch bestattet wird, und das tote Baby strampelt, gleitet aus dem Sack, landet auf meiner Brust und brüllt, dieses ganze Leiden, die Bettdecke wurde immer schwerer, Blei, ich konnte nicht mehr zuhören, Arme und Beine lagen steif neben mir, das Atmen kam stoßweise, der Kopf schwitzte, ich sprang aus dem Bett, die Bettdecke flog auf die Kommode, zitternd zog ich mich an, es war zwei Uhr nachts, ich sagte nichts, ich ging zum Strandweg, auf dem ich auch jetzt gehe. Ich brauche eine Bank. Ich will nicht nachdenken auf der Bank, ich gehe zum runden Zeitungskiosk ein paar Meter weiter. Vielleicht auch etwas Süßes dazu. Die Sonne scheint jetzt wärmer, das tut gut. Drei Leute vor dem Kiosk, palavernd, ich warte und suche mir eine Zeitung aus. Jetzt bin ich dran, ich muss mich bücken, ich bin zu groß für das Fenster. Ich sehe nur einen nackten Unterarm, auf dem Unterarm tätowierte Rosen. Ich sage nichts. Der Hammer? Ich drehe mich um, mein Körper wird gegen einen von Schweiß triefenden Jogger geschubst, er keucht mich an, ich sehe sein Gesicht, es blickt finster, ich bewundere ihn, da lächelt er. Ich laufe gehetzt fort, ich laufe lange, erst im übernächsten Dorf bleibe ich stehen. Ich bin am Strand, ein breiter Strand mit Strandkörben.

Das Dorf kenne ich nicht. Die Sonne ist noch da,

aber nicht mehr lange, die letzten Strahlen kommen zu mir. Um mich zu trösten? Ich suche einen Korb aus, der nicht verbarrikadiert und abgeschlossen ist, ich sitze aufrecht in ihm und starre auf das Wasser. Das wellt gleichmäßig und ruhig hin und her. Ich will Hilfe von ihm, gleichmäßig denken, ruhig atmen, das will ich für mich; ich starre Löcher ins Wasser.

Der Hammer? Nach über dreißig Jahren der Hammer? Meine Augen tasten das Gelände ab, ich lechze nach Ablenkung.

Endlich! Am Ufer brüllt ein Kind, blond, in Pampers, in den Händchen hält es etwas fest. Ich hechte mit weiten Schritten, Oberkörper in steifer Vorlage in Richtung Kind, entreiße dem Bübchen das Etwas, wir liegen beide im Sand und gucken uns an. Das Etwas ist ein Schaufelbagger aus Plastik, die Schaufel baumelt, die Schraube fehlt. Kaputt. Ich setze das Vehikel zwischen uns. Das Kind fährt mit einem winzigen, ausgestreckten Zeigefinger über die Flächen und Kanten des Baggers, meine Augen folgen dem kindlichen Finger. Noch nie habe ich eine so besorgte, zärtliche Bewegung gesehen wie diese; ich sauge sie auf. Nach der Liebkosung des Baggers zuckt das Gesicht des Buben auf: Ankündigung zum Brüllen. Für mich heißt das, ich muss handeln, mich bewähren, darf nicht enttäuschen. Jetzt. Jetzt gleich.

Hab ich oder hab ich nicht, ich wollte doch, doch ja, ich hatte doch, heute Morgen, stimmt, der Saum an meiner Hose war kaputt, hing herunter, eine kleine Sicherheitsnadel steckte am Hosenbein, am rechten? Am linken! Mein neuer, kleiner Freund beobachtet mich genau. Ich brauche eine Idee. Ich verstelle meine Stimme: Ich bin Liese, die große Zauberin, Hokus, Pokus, vor Fidibus fummle ich die Sicherheitsnadel aus meinem linken Hosenbein, Fidibus! Die große Zauberin hält eine Sicherheitsnadel in der Hand. Ich ersetze mit der Nadel die fehlende Schraube, der Knabe strahlt, ich strahle. Die dazugehörige späte Mutter kommt angerannt, sie trägt Badeanzug mit Rucksack, sie beugt sich über ihr wiedergefundenes Kind, die obligate Ein-Liter-Wasserflasche fällt aus dem Rucksack auf Kind und Bagger, die Schaufel des Baggers baumelt wieder, und die Sicherheitsnadel steckt senkrecht im Oberschenkel des Knaben. Der brüllt, die Mutter sieht mich wütend an.

Ich trolle mich zurück zu meinem Strandkorb, die Sonne wird weniger, der Abend kommt, ich friere. Es sind nur noch ein paar Sonnenstrahlen, die will ich. Ich muss nur den Strandkorb drehen, nach rechts, ganz einfach, einfach hinten anfassen. Der Korb bewegt sich nicht. Also vorne, vorne drehen. Ich strenge mich an, verliere das Gleichgewicht, meine Hände halten fest, der Strandkorb kippt, ich liege darunter mit all meinem Drum und Dran, meine kleine Umhängetasche auch, nur mein Kopf und mein rechter Arm liegen frei im Sand. Einer von den drei Sonnenstrahlen, die ich einfangen wollte, bescheint mein rechtes Auge. Ich weiß, dass ich jetzt keine Kraft habe, diesen schweren Korb hochzustemmen. Ich warte. Überfallartig kommen die Erinnerungen, hinterhältig nutzen sie meine eingeklemmte Lage aus, schlagen ein in meinen Kopf, ein Wind fängt auch noch an, in meinem bescheinten Auge setzt sich auch noch ein Sandkorn fest.

Der Hammer. Fee Vrohn. Der Hammer.

Fee Vrohn, auch ein Hammer?

Mit vierzehn wurden wir beide konfirmiert, mit vierzehneinhalb nahm sich Fee Vrohn die Sozialistische Jugendweihe, zusammen mit Helga Sperber, Rotraut Spindler, Ute Friebel. Sie gehörten zur Gruppe »Nach beiden Seiten offen«.

Fee Vrohn, erinnere dich! Wir waren zusammen im Konfirmandenunterricht bei Pastor Hartwig. Ich war noch nicht richtig verliebt, ich war vorverliebt. In Hartmuth Bayerke. Es war Sonnabend, am Sonntag die Konfirmation. Das Zeichen für mein Interesse an Hartmuth Bayerke war ein Topf mit roten Primeln plus Glückwunschkarte: Ich wünsche Dir eine schöne Konfirmation. In der letzten Schulstunde, Biologie, stand beides sichtbar auf meinem Pult, und du, Fee Vrohn, hattest hinter mir gesessen.

Hartmuth Bayerke wohnte in der Schlüterstraße 19. Auf dem Nachhauseweg wollte ich Primeltopf und Karte vor seine Haustür stellen und dabei, was wichtig war, nicht erkannt werden. Ich kam an und stellte mich hinter einen Baum, dem Haus Schlüterstraße 19 schräg gegenüber. Das Haus sah wie aus Lebkuchen aus, braun, schlicht und klein, und es hatte einen Vorgarten, und der Vorgarten war voll gepflanzt mit Primeln. So wie meine. Ich war wütend. Warum konnten es nicht Schneeglöckchen, Stiefmütterchen oder Gänseblümchen sein? Ich gab mir einen Schubs, rannte rüber zu Nummer 19, setzte meinen Primeltopf mit Karte vor die Tür und haute ab. Weil vorverliebt, suchte ich mir einen romantischen Nachhauseweg aus, über die Fränse, entlang der alten Stadtmauer mit ihren majestätischen Trauerweiden. Und wen treffe ich an dem schmalen Durchgang zur Wilhelm-Pieck-Allee, dich, Fee Vrohn, dich. Leichte Röte flutete in dein Gesicht, und du stammeltest, was machst du denn hier?

Der Tag der Konfirmation kam, alle waren wir aufgeregt, wir versammelten uns im Pfarrhaus, die Kirchenglocken läuteten mächtig. Hartmuth Bayerke kam zu mir, in der Hand eine Tüte. Ich hatte den ersten Hüfthalter an und darüber ein schwarzes, raschelndes Taftkleid. Pumps mit Absatz. Und ich fühlte mich zum ersten Mal als Frau, selbstbewusst, vampartig. Hoheitsvoll sah ich Hartmuth Bayerke mit der Tüte an. Er stand vor mir, auffallend blass, vor Aufregung zitterten nicht seine Lippen, es waren seine Ohren, die zitterten, sie zuckten rauf und runter, meine Augen lagen verzückt auf diesen Ohren.

Nun zückte er eine Glückwunschkarte aus seinem Anzug, hielt sie vor mein Gesicht, ich nahm sie.

Ich sah sofort deine Schrift, Fee Vrohn, »Scheißkonfirmation«. Dort stand: »Ich wünsche Dir eine Scheißkonfirmation!« Ich ließ vor Schreck die Karte fallen, Hartmuth Bayerke schmiss wütend die Tüte. Sie landete auf meinen Pumps, sie platzte, es war mein Primeltopf. Die Erde verteilte sich über meine neuen Pumps, schwarze, feuchte Erde um mich herum, so schwarz wie mein Taftkleid. Scheißkonfirmation. Fee Vrohn, deine Schikanen, deine Attacken gegen mich kamen nun in regelmäßigen Abständen und ich, ich? Ich war stolz darauf. Du hattest mich ausgesucht, mich, die schüchterne Liese Spahn, die Tochter eines Bäckers. Ich war krank nach deiner Aufmerksamkeit, du konntest leuchten, du konntest glühen, du hast mich geblendet, du hast mich angekokelt.

Es wird ein Baum gefällt. Fasziniert sieht man dabei zu, rechnet sich aus, wohin er stürzen wird. Noch ist man in Sicherheit, doch dann fängt man zu rennen an. Damit man nicht verpasst, dort zu stehen, wo der Baum einschlagen wird. Und bist du getroffen, nickst du dir ratlos zu.

Fee Vrohn, du bist für mich ein angewachsener Rucksack, gefüllt mit Schokolade und Handgranaten. Du lächelst, zeigst deine Zähne, spitz und scharf, bist immer bereit zum Biss. Wie hieß unser Pioniergruß? Seid bereit, immer bereit.

Wird dieser Strandkorb immer schwerer?

Heute ist der 8. Mai 2009. Das war ein Freudentag zu DDR-Zeiten, für uns, die Familie Spahn, war es ein Trauertag. Der Tag der Befreiung.

Der 8. Mai 1956. Mein Vater Günter, meine Mutter Lieselotte und ich, Liese, ich war 15, wir gingen zu Schlüters Festsälen. Eine Festveranstaltung mit Musik, Tanz und Gesang. Gesang, das waren wir alle, der Schulchor. Schlüters Festsäle lagen hinter der Kanalbrücke. Nach meinem Singen ging ich mit den Eltern sofort zurück nachhause, die Eltern wollten heute nicht singen, sie wollten heute nicht trinken, sie wollten heute nicht tanzen, sie wollten heute nicht lachen, am 8. Mai 1945 wurden meine Brüder, Siegfried und Heinz, ihre Söhne, auf der Kanalbrücke vom Elversberger Volkssturm erschossen.

Meine Eltern hatten am Ausgang auf mich gewartet. Mein Vater ging in der Mitte, die Köpfe waren gebeugt, wir sprachen nicht. Die Brücke kam näher, unsere Körper rückten näher, wir wurden langsamer, mein Vater blieb stehen, suchte und griff die Hand meiner Mutter und meine Hand. Wir standen kurz still, gingen weiter dann, Hände in Hände. Auf der Brücke blieben wir wieder stehen. Wir drei schauten runter ins Wasser. Das Wasser, dunkelgrau, ohne Bewegung. Plötzlich ließ mein Vater unsere Hände los, umklammerte mit seinen Händen das Brückengeländer und würgte es. Sein Körper fing an zu zittern, er stand auf Zehenspitzen, wippte hin und her, starrte auf das Wasser, drehte sich um zu uns, Tränen liefen über seine Backen, und er sagte sehr leise: Die Jungs aßen am liebsten Eclairs. Unsere gefüllten Eclairs. Wir weinten, hielten uns an den Händen und gingen nachhause. Dort saßen wir ein bisschen in der Stube am runden Tisch. Mein Vater stand auf, verschwand, kam zurück mit einem Teller Eclairs, jeder nahm eins, aß eins und ging ins Bett. Ich saß dann vertieft in das Foto meiner Brüder auf der Bettkante und hörte von meinem Vater einen schluchzenden Aufschrei, Paul Vrohn, ich bring dich um.

Jetzt liege ich hier an der Ostsee im Sand, ohne Sonne ist es kalt, Paul Vrohn ist längst tot, hat sich längst totgesoffen, auf natürliche Weise ging das, ich liege hilflos unter einem umgekippten Strandkorb und werde langsam angenagt, ausgelutscht und besabbert. Von meinen eigenen Geschichten.

Liese, Liese, Liese! Bin ich im Harz, in der Hermannshöhle, bin ich fünfzehn, ist das die Stimme von Fee Vrohn? Es ist die Stimme von Fee Vrohn, ich bin siebenundsechzig. Auf der weißen Treppe zum Strand, da stehen sie, aufgefädelt am Geländer, ein Suchtrupp, sechs Frauen, auf jeder Stufe eine, spähen aus, entdecken mich, stürmen los, eingesperrte Gänse, denen man das Gatter zur Wiese aufgestoßen hat, allen voran Fee Vrohn, trompeten, kreischen, zischen, stolpern in den menschenleeren Abend, und immer wieder Liese, Liese. Die sechs plumpsen um mich und meinen Strandkorb herum nieder, landen in der Hocke oder auf Knien im weichen Sand, der nachgibt, schnattern auf mich ein, beschnattern sich gegenseitig, das dauert, und ich schreie laut, Hilfe, Hilfe! Sie schaufeln mit den Händen ihre eingesackten Körperteile wieder aus dem Sand, ich höre, Achtung, fertig, los, der Strandkorb steht; Achtung, fertig, los, ich stehe. Untergehakt von Fee Vrohn und Moni Hille zurück zum kleinen Haus. Gerettet. Auch von Fee Vrohn.

Heute Abend kocht Ute Friebel, Ute Friebel hatte ich dreiunddreißig Jahre nicht gesehen. Es gibt Buletten mit Kartoffelsalat. Abends sitzen sieben Frauen friedlich am Esstisch, prima Buletten. Auch Ute Friebels mitgebrachte Puddings finden großen Anklang: ein Plasteeimer mit Vanillepudding, ein Plasteeimer mit Schokoladepudding.

Ute Friebel steht auf, beugt ihren Oberkörper über den Tisch, greift mit der rechten Hand in ihre rechten Jeans-Gesäßtasche, zieht ein gefaltetes Stück Papier heraus, macht ihren Oberkörper wieder gerade, setzt sich wieder, entfaltet den Bogen Papier, platziert ihn vor sich, glättet ihn mehrmals mit dem Handrücken. Dieser Vorgang trieft vor Wichtigkeit, sechs Frauen verstummen. Ute Friebel spricht:

Wir sind hier, um in eurer Sprache zu sprechen – sie sieht dabei zu unserer Westecke an den Tischenden –, drei alte Ossifrauen und vier alte Wessifrauen. Man hat viel gehört, es wurde viel getuschelt, aber jetzt, nach so langer Zeit interessiert uns – mit »uns« meint sie sich und ihre Ossi-Gruppe –, wie, wann und wo ihr damals getürmt seid. Die Wahrheit. Von Liese wissen wir, dass sie nach dem Knast vom Westen freigekauft wurde. Aber ihr drei?

Ihr müsst nicht, wenn ihr nicht wollt, aber als ehemalige Klassenkameradinnen seid ihr uns das schuldig. Meinen wir. – Wenn nicht, wir können auch die alten Fotos angucken. Ich hab das Album mit.

Moni Hille reagiert zuerst. Sie rutscht mit dem Hinterteil Kreise auf ihrem Stuhl, die Hände helfen dabei, greifen an die Tischkante. Will sie stehen? Will sie sitzen? Jetzt macht auch der Oberkörper mit, schraubt sich mal nach oben, mal nach unten, eine Raupe. Ich sehe zu und warte auf den Schmetterling. Da gibt ihr Körper Ruhe, sie lehnt sich zurück, sitzt still, holt tief Luft, speichert sie in den Backen, die Backen blähen sich auf, Körperdrehung zu Ute Friebel, Moni Hille blitzt Ute Friebel an, ihr Kopf ist prallrot, man hat Angst, dass etwas platzt, dann knallt die Luft in einem kurzen, satten, feuchten Furz raus. Sie steht auf, schiebt ihren Stuhl ordentlich zurück und geht. Niemand schaut hinterher, wir hören nur das Zuschlagen der Haustür.

Ute Friebel nimmt ihre Papierserviette auf. Ute Friebel wischt was weg. Dann klopft sie mit den Fingerkuppen mehrmals auf ihren Bogen Papier, der noch vor ihr liegt. Das ist ein ekelhaftes Geräusch für mich.

Das Geräusch meiner Verhöre. Oberleutnant Schremm. Genau so tuckerte er mit seinen harten Fingernägeln auf dem Aktendeckel, wenn er drohte. Mein Verbrechen lag unter dem Aktendeckel. Je nach Stimmung tuckerte Oberleutnant Schremm lento, moderato oder allegro.

Angst. Ich sammle Spucke, schlucke sie hinunter, ich will die Erinnerung wegschlucken. Hilft nichts, Oberleutnant Schremm vor mir wird immer sichtbarer. Weg, schnell weg, bloß nicht heulen, nicht hier, hier nicht. Ich folge Moni Hille ohne Zuschlageknall der Haustür.

Auf dem Strandweg treffe ich sie. Es ist ein kühler Juniabend, ich setze mich zu ihr auf die Bank. Ich sitze dicht neben ihr, sie reagiert nicht auf meine Nähe, aber meine Nähe spürt, dass Moni Hille wütend ist, steif vor Wut. Ich lege meine Hand auf ihren Schenkel, meine Hand wird angehoben und weggestoßen. Stille. Dann wird ihr Körper von Weinkrämpfen geschüttelt, ich traue mich nicht, sie nochmals zu berühren, ich traue mich nicht aufzustehen. Keuchend spricht sie:

Dieses, dieses Wissenwollen, ja, dieses alles genau wissen wollen, ihr Ihr-seid-es-uns-schuldig! Mensch, ausgerechnet die wollen Wahrheit, ausgerechnet Ute

Friebel, klar, wenn ich gesprochen hätte, sie hätte alles aufgeschrieben, fein säuberlich, »Fremdenführer über die Mauer«, und ihr Papier, ihr weißes Papier, dieses weiße Papier vor ihr und dieses Lechzen in ihren Augen, den Schmerz von uns getürmten Wessis aufzupicken wie ein Huhn.

Sie wusste von meinem Schmerz damals am 13. August 61, doch sie wollte es wieder hören, wieder wollte sie es hören, Ute Friebel wollte es wieder und wieder hören, als Belohnung wollte sie's hören, dass sie zu feige war, selber zu türmen. Neunzehn Jahre nach dem Fall der Mauer! Liese, Sonntag, 13. August 61, das war der ganz harte Tag in meinem Leben. Ich hatte an dem Wochenende meine Schwester in Westberlin besucht, nur mit einer Handtasche. Ich wollte zurückfahren, da kamen die Nachrichten, die Bilder im Fernsehen. Wir fuhren zur Heinrich-Heine-Straße. Panzer. Die Menschen, hilflos, rannten hin und her, Polizeiautos, Tränen, Angst. Angst, auch die Luft war Angst, jeder von uns atmete Angst ein und Angst wieder aus. Ich wusste nicht, soll ich gehen? Soll ich bleiben? Ich rief in Germershausen die Eltern an. Wieder schluchzen, wieder Tränen. Mein Vater hatte im April einen Schlaganfall gehabt, war ein Pflegefall und meine Mutter allein mit ihm. Zurück! Ich musste zurück!

Meine Schwester Sieglinde, du kennst sie, zwei Jahre älter als ich, wollte, dass ich bleibe. Sie wurde energisch, sie brüllte mich an: Du bist heute, an diesem Tag, hier im Westen, nimm das als Zeichen! Ich wusste nicht, was tun. Da läuteten in der Nähe Kirchenglocken, ich schrie zurück, ich kann Mama nicht allein lassen, die braucht mich. Ich rannte los, Sieglinde hinterher, erwischte mich, hielt mich fest, wieder schrien wir uns an, wieder riss ich mich los, Sieglinde stürzte, stürzte auf die Straße, ich merkte nichts, rannte weiter, ein VW-Bus überfuhr sie. Drei Monate Krankenhaus. Seither hat sie ein steifes Bein. Ich konnte sie nicht allein lassen. Pause.

Dann liegt Moni Hille in meinen Armen und weint. Sie weint nicht über ihr Erlebtes vom 13. August 1961, glaub ich, sie weint über heute. Sie weint, weil sie Krebs hat und nicht darüber sprechen will, über die Mauer kann sie weinen, die Mauer ist ihr Krebs. Ich lasse sie weinen, bis wir frieren, dann gehen wir zurück.

Heute ist der vierte Abend. Wir betreten beide das Holzhäuschen, kommen noch rechtzeitig, Ute Friebels Stück läuft noch immer. Moni Hille und ich sind aus dem ersten Akt geflüchtet, der zweite Akt lief ohne uns, nun sind sie wohl im dritten. Zur Hauptrolle »Ute Friebel« aus dem ersten Akt hat sich hier »Fee Vrohn« gesellt, Moni Hille und ich, die Opfer des ersten Aktes, stehen jetzt als Zuschauer im Flur, Schauplatz ist nicht mehr der Esstisch, es ist die Sitzgarnitur mit Kamin, im Kamin ist kein Feuer. Wir kommen mit kurzen Schritten näher, vorsichtig, abwartend, neugierig, mit kurzen Schritten und kleinen Pausen. Ich muss an meine Abende im Theater denken, ich ging gern in die Oper früher, heute nicht mehr.

Nein, der Schauplatz ist ein Boxring! Die alte Ossi Ute Friebel herausgefordert von Fee Vrohn, Wessi, auch alt. Oder umgekehrt?

Nein, es ist kein Theater, es ist kein Boxring, wir sind vor Gericht! Ute Friebel, hochrot, schweißig, ist die Anklägerin, Fee Vrohn, bleich, trocken, die Angeklagte. Dazu drei Geschworene, Helga Sperber, Luise-Marie Teesenberg, Rotraut Spindler. Krähen, die einander verwundert betrachten, ob sie sich wohl verflogen haben? Die Hauptrollen stoppen und fixieren Moni Hille und mich, und diese Pause heißt eindeutig, ihr seid überflüssig, aber geduldet; Moni Hille gibt mir ein Zeichen, zwei Schritte zurück zum Esstisch. Helga Sperber gießt Bier nach, alle trinken Bier.

Ute Friebel trinkt aus der Flasche, das Runtergluckern ist hörbar. Damit wir erfahren, wie drahtig sie noch ist, beugt sie ihren Oberkörper dabei stramm nach hinten. Da, knallbumm, sie kläscht die Bierflasche neben eine hellgrüne Klarsichtmappe zurück auf den Tisch, Kehrtwendung zu Moni Hille und mir – es ist ja sinnlos für euch, jetzt, mittendrin, also, ich mache es kurz – knallbumm geht's los:

Ihr wisst, mein Vater, Architekt, baute den Rat des Kreises in der Lehmholz-Straße um, zur gleichen

Zeit erbten wir von meiner Großmutter in der Nähe vom Wasserturm ein kleines Grundstück mit Fischteich und Laube. Ihr kennt es, wir hatten meinen achtzehnten Geburtstag dort gefeiert. Die Laube war eine Bretterbude, mein Vater wollte sie ausbauen. Am 12. September 1960 kamen zwei Männer in Zivil und holten meinen Vater ab. Knast. Anklage. Diebstahl volkseigenen Baumaterials zu Privatzwecken und das ganze Pipapo. Ute Friebel nimmt die grüne Klarsichtmappe, klappt auf, liest vor: *Auf dem Privatgrundstück des Angeklagten Karl Friebel, Am Wasserturm 7b, gelang es am 5. September 1960 Genossen der Polizeikreisdienststelle Germershausen Diebesgut, markiertes volkseigenes Baumaterial für den Umbau des Gebäudes des Rates des Kreises Germershausen (2 mal 6,50 m Kupferdachrinne und 1 Doppelzentner Zement) zu beschlagnahmen und sicherzustellen.*

Die Klarsichtmappe wird zugeschlagen, Ute Friebel nimmt einen großen Schluck aus der Flasche und steht breitbeinig vor Fee Vrohn: Ich habe meine Akte von der Gauck-Behörde aus Magdeburg angefordert, nicht für mich, für meinen Vater, der ist 1985 viel zu früh verbittert gestorben. Fee, im »Goldenen Sternen« war Stammtisch, immer mittwochs, dein Vater Paul, Fee, und meiner, Karl, waren dort der harte Kern. Man wusste viel voneinander, auch das, was man nicht wissen durfte, dein Vater Paul wusste viel von meinem Vater Karl und umgekehrt, sie waren befreundet, bis du und deine Eltern im

September einundsechzig, kurz nach dem Bau der Mauer, abgehauen seid. In der Akte Friebel Karl gab es einen IV-Mann, das bedeutet, Fee, einen Spitzel vom Staatssicherheitsdienst, er hatte den Decknamen Reiner. Dein Vater, Fee, hieß mit dem zweiten Vornamen Reiner, Paul Reiner Vrohn hieß dein Vater. Ab September einundsechzig wurde der IV-Mann Reiner, Fee, durch den IV-Mann Theo 2 ersetzt. Zu viel Zufall? Fee? Oder war er's? War dein Vater Paul Reiner? Es hieß, ihr seid mit dänischen Pässen getürmt, alles genau vorbereitet? Sein oder Nichtsein, Fee Ophelia, schuldig oder nicht schuldig? Bei dem Wort schuldig haut sie auf die grüne Klarsichtmappe.

Bei Fee Vrohn hatten sich in den letzten Minuten die glatten kurzen Haare gekräuselt. Oder bilde ich mir das nur ein? Ihr Gesicht, weißes Seidenpapier. Tränen, keine. Sie schreit wie eine schlechte Schauspielerin: Leichenschänderin! Mein Vater ist seit 1971 tot! Du sagst, dein Vater war unschuldig –

Ich hab nicht gesagt, mein Vater war unschuldig, ich hab gesagt, dass der Spitzel, der ihn verraten hat, mit zweitem Vornamen Reiner hieß wie dein Vater.

Du nimmst mich in Sippenhaft, du beschuldigst, du trumpfst auf, du spuckst auf meinen Vater Dreck, nur weil er mit dem zweiten Vornamen Reiner hieß! Schämst du dich nicht?

Luise-Marie Teesenberg steht schwerfällig auf. Außer den Wutaugen von Anklägerin und Angeklagten treffen sie unsere Bitt- und Hoffeaugen: Luise-Marie Teesenberg, walte und hilf, mach Stille!

Also, sagt sie, mein Vater hieß auch Reiner, Mädels, für heute reicht's, wenn jemand 'ne Schlaftablette oder'n Schnäpschen will, die kommt in mein Zimmer. Punkt. Spricht's und geht.

Wir kommen. Ute Friebel, Helga Sperber, Moni Hille, Rotraut Spindler und ich sitzen auf dem Bett von Luise-Marie Teesenberg. Stumm. Die Wodkaflasche geht von Hand zu Hand, nur Ute Friebel sagt einmal, morgen geht's zu den Wissower Klinken, da ist es steil und rutschig!

Der Wodka tut allen gut, die Rentnerinnen grunzen vor sich hin.

5

Sie stehen spät auf, es gibt spätes Frühstück, der geplante Ausflug zu den Wissower Klinken wird aus gesundheitlichen Gründen auf morgen verschoben. Moni Hille erzählt mir von dem stillen Besäufnis. Außer der Wodkaflasche Luise-Marie Teesenbergs gab es eine Flasche von Rotraut Spindlers selbstgebranntem Birnenschnaps, einen halben Flachmann Pott-Rum aus Helga Sperbers Handtasche, und als sie alles leer getrunken hatten, erinnerte sich Luise-Marie Teesenberg ihres Fläschchens Klosterfrau Melissengeist.

Und ich, ich war nicht dabei, ich beobachte so gern, und ich war nicht dabei, bin wieder geflüchtet, lag allein in meinem Bett, und jetzt, am frühen Morgen bei spärlicher Sonne, laufe ich wieder wie eine Bekloppte den Strandweg entlang, muss jetzt laufen, diesmal in die andere Richtung, nach links.

Es war der Geruch gewesen, es war die Flasche, die von Hand zu Hand ging.

Die Achterzelle. Der Hammer. Ein Jahr war ich im Frauengefängnis Haltenberg, davon acht Monate in der Achterzelle bei den Bestien; nein, keine Bestien,

Bestien sind wilde Tiere, die töten nur dann, wenn sie Hunger haben. Vier Geburtstagsfeiern mit Wodka in der Achterzelle, das war – Buchstaben weigern sich, ein Wort zu bilden.

Ich muss es weg denken, der Morgen ist kühl, das muss mir gelingen. Der Morgen ist viel zu kühl, ich friere, sehne mich nach einer heißen Dusche.

Der große Duschraum des FG Haltenberg. In Körperhöhe in ausgebleichtem Weiß gekachelt, fünfzehn Deckenduschen rechts, fünfzehn Deckenduschen links, gemauerte Trennwände, ebenfalls in Körperhöhe, der Rest in grauer Abwaschfarbe. Einmal in der Woche wurde unter wechselnder Aufsicht geduscht, für 30 Frauen waren die Zeiten auf die Minute genau berechnet. Helga Schott mit dem Alleskleberkopf, genannt Stockfisch, war oft unsere Aufsicht; sie, ein Wesen, fern zu weiblich, nah zu männlich, ich sage Frann zu denen. Keines ihrer hässlichen Körperteile konnte mit einem Aber gemildert werden. Wie: Sie hat einen dicken Hintern, aber schöne Augen. Nein, ein Aber ist doch möglich, am linken Mittelfinger trägt sie einen richtig schönen Ring.

Es war in meiner ersten Woche, ich war noch »Frischling«, und es war der 1. Mai 1974. Der Stockfisch sprach zu uns Angetretenen über die Opfer, die im Kampf der Arbeiterklasse um den 1. Mai, ihren Tag der Arbeit, ihr Leben lassen mussten, und sie befahl eine Schweigeminute. Sie stand zufällig neben mir, ihre Hände umklammerten den Stock, die linke Hand auf der rechten Hand, ich musste ihren Ring sehen, es gab nichts in dieser Ödnis, was von ihm abgelenkt hätte. Der Ring war schmal, floss in der Mitte in eine Mulde, darin lag, als Erhöhung, eine Schlange gekringelt, zart war sie, nicht wuchtig, den schmalen Kopf leicht aufgerichtet, in ihn zwei grüne Augen gebettet. Kein Talmi, das sah ich sofort, das war ein alter und kostbarer Ring. Die grünen Augen wollten etwas von mir, mein Kopf stand jetzt schräg und sackte in kurzen Rucken immer näher hinunter zu den grünen Augen, tiefer, immer tiefer, in die Hocke, die Augen wurden größer, aus ihnen spritzten Funken.

Da sind die grünen Augen weg, ich sehe in Augen aus Frischhaltefolie, in die Augen von Stockfisch, auch sie in der Hocke. Mein Körper wackelt, ich muss ihn mit beiden Händen abstützen. Ich sage leise zur Folie: Nämlich, die Augen der Schlange haben mich … Dann schreie ich tierisch.

Stockfisch steht mit dem rechten Fuß auf meiner linken Hand. Unruhe, Gerenne, Getrample, Geplärre, die Frauen um uns im Kreis, der Stiefel von Stockfisch steht weiter auf meiner Hand, ich will nicht mehr schreien, meine Augen starren auf einen blank polierten, braunen Schnürstiefel, die Sohle wird ein Wurstbrot, Gott sei Dank, aus den Ösen werden Rosinen, die Senkel sind Lakritzen.

Bloß nicht schreien. Nicht wieder schreien.

Aha, mein Schmerz ist satt, hat sich versteckt. Stille. Stockfisch hebt den Stiefelfuß, ich kippe nach rechts, zwei Eisenstangen heben mich in die Höhe, rechts der tätowierte Arm von Hammer, links der von Evelyn, der Dokumentenfälscherin. Ich werde aufgerichtet, zur Mauer geschleift, angelehnt und abgestellt wie man einen Besen abstellt um ihn kurz danach wieder zu benutzen. Zum Scheißefegen. Ich, Liese, ein Besen, bin dankbar.

Dann hörte ich die Frauen lachen und die Lache von Hammer, wie Ziegelsteine zerschmeißen. Dann Stockfischs Spezialkommando: Ausgestreckte-Arme-zum-Vordermann-antreten!

Meine getretene Hand. Ich kann das nicht! Ich kann das nicht, das gibt es nicht. Die Frauen standen wie befohlen mit ausgestreckten Armen ausgerichtet auf den Rücken ihrer Vorderfrau und warteten auf das Kommando »Schritt!« von Stockfisch. Die Stimme schepperte wie aus einem Eimer: Achtung! Schritt! Bei »Schritt!« ging der Stock in die Höhe; Stockfisch, der Dirigent. Ich war erst zwei Mal dabei, die Prozedur war eine Teufelei, ich sah sie jetzt von weitem. Ich war ja noch angelehnt, abgestellt, die Frauengruppe mit den steifen Armen im Auf und Nieder ein kriechender Lindwurm, dazwischen, tänzelnd, der Stockfisch mit den Stockschlägen auf Arme und Finger der Frauen. Ich musste grinsen. In diesem Moment, ich weiß es noch, meine Zähne zeigten sich eben, Grinsbeginn, trafen mich die Frischhaltefolienaugen. Sie marschierte, die rechte Hand mit dem Stock in der Höhe, auf mich zu. Angst. Ich hatte Angst, Angst. Sie kam näher, ich schrie, ich schrie lauter, noch lauter, meine getretene Hand: Halt!

Ein Arm legt sich um meine Schulter, eine warme Stimme spricht zu mir, ich bewege mich, ich gehe, ich sitze auf einer Bank, ich höre:

Na, geht's wieder? Was war denn? Hamse Schmerzen oder hamse im Stehn jeträumt? Mann, hamse jeschrien!

Ich sehe in gute Augen, einen Mann zu mir herabgebeugt, graue Augenbrauen, graue Bartstoppel, aus schwarzem Haar eine Perücke, verrutscht. Wieder muss ich grinsen.

Na, Gnädigste, wir lächeln ja wieder, dann kann ich se ja alleene lassen, muss nämlich springen, bin schon zu spät, also Tschüssi, ja, und nicht mehr schreien! Versprochen?

Ja, ja, vielen Dank. Es ist früher Morgen, ich sitze auf einer Bank am Strandweg, bin siebenundsechzig, ich habe geschrien und den alten Jogger erschreckt. Die Bank ist nicht geheizt, ich fröstle, auf meiner Stirn sammeln sich Schweißtropfen; nicht wieder zurückdenken müssen, bitte!

Eine Mutter mit drei Kindern kommt, beladen mit Plastikzeugs für den Strand, zwei Kinder streiten, die Mutter ist überfordert, sie zieht sie an meiner Bank vorbei, das Mädchen hat was, der Junge will das. Der Junge plärrt: Mutti, die hat mir meine Glasmurmeln geklaut.

Klauen! Die wollte den Ring von Stockfisch klauen! Diebin! Aber Stockfisch hat zugetreten. Vorsicht, wer klauen will, murkst auch ab!

Nein, hier an diesem Ort meint man es nicht gut mit mir, hier fliegen mich die schmutzigen Erinnerungen an wie Fliegen. Ich bin der Misthaufen. Sie nisten.

Der Ring vom Stockfisch, der Ring mit der Schlange, wurde aus der Frauentoilette geklaut. Man suchte ihn überall, in jeder Ritze, in jeder Spalte, in Eimern, Kissen, Bechern, Zahnpastatuben, Haaren. Ich wurde gegriffen, gebracht, in ein Untersuchungszimmer gebracht, es wurde weiter gesucht, in mir, in meiner Scheide, in meinem Enddarm. Nichts. Sie wollten das nicht wahrhaben, ich musste die Prozedur täglich über mich ergehen lassen, vor dem Essen, nach dem Essen, vor dem Aufstehen, nach dem Aufstehen. Nach dem fünften Tag begann ich auszulaufen. Ich sagte wenig, fühlte wenig, dachte wenig, hatte aufgehört, mich zu wehren, hatte aufgehört zu weinen, ich ließ es zu. Auch was der Hammer tat, lief an mir vorbei. Sie saß an meinem Bett nachts: Na, sag schon, wo ist sie, die Schlange? Wir haben's alle gesehen, am 1. Mai, beim Appell, wie scharf du auf den Ring warst. Sag's, sag's mir, ich kann's verhökern, wir machen halbe-halbe.

Nein? Du willst nicht?

Hammer beugte sich über mich, Kopf über Kopf, ihre Augen, spitz, scharf, im Angriff, schlugen mich k.o. Größte Angst. Hammer zog ein Messer aus ihrem Ausschnitt, das Messer hing an einer Schnur um ihren Hals, es pendelte jetzt vor meinen Augen, hin, her, hin, her. Mein Mund ging auf. Meine Zunge. Mein Gott, die will mir die Zunge rausschneiden. Ich muss sie retten, muss sie verschlucken. O mein Gott. Hilfe.

Hammer ließ das Messer in ihren Ausschnitt zurückschnappen, stand auf, sagte: Sprudeln wirst du! Da wett ich meinen Arsch. Eine Zigarette zwischen ihre Lippen, sechs Feuerzeuge klicken auf, Hammer dreht den Kopf, saugt an der Flamme von Gerlinde, der Ladendiebin, derzeit ihre Lieblingsfrau. In meinem Kopf tanzen die Worte. Was hat sie gesagt? Zum Sprudeln bringen?

Hammer griff meinen Hals, griff in mein Nachthemd, riss es auf, rieb meine Brustwarzen, bis sie standen, berührte sie mit der Glut ihrer Zigarette. Ich konnte nicht mehr schreien, ich hatte keine Angst mehr. Sie hörte auf, satt, ein sattes Tier, drehte sich zu ihrem Publikum und sagte: Die war's nicht.

Ich sitze noch immer auf der Bank. Warum hier,

ausgerechnet hier kommt alles wieder zu mir zurück? Ich hatte mich doch mit mir ausgesprochen, kein Mann, keine Kinder, hatte das Schreckliche eingepackt, verschnürt, versenkt, vergraben. Alles umsonst? Hier kommt die Post an, der Inhalt tut weh. Die Morgensonne ist mehr geworden, Wärme, meine steifen Glieder entspannen, da, wieder ein Paket:

Ich stehe unter der warmen Dusche im Frauengefängnis Haltenberg, einmal in der Woche der ersehnte Moment zum kurzen Wohlfühlen. Die Aufsicht hat Stockfisch, ihr Ring wurde auch noch nach drei Wochen gesucht. Ich döse unter der spärlich tropfenden Dusche vor mich hin, eiskaltes Wasser weckt mich auf, Hammer und Anhang halten mit einem Schlauch auf meinen nackten Körper. Sie taten das oft, wenn die Aufsicht sich kurz entfernte, ich war es gewohnt. Aber das jetzt ist neu. Die drei Wiederholungsdiebinnen, Inga, Herta und Astrid, greifen mich, eine linksarmig, eine rechtsarmig, eine um die Taille, ich bin im Schraubstock. Gerlinde, die Ladendiebin, schiebt mir das Ende des Schlauches, eine aufgeschraubte Düse, tief in den After. Unten läuft das Wasser rein, oben kotz ich Wasser aus. Meine Beine kommen ins Rutschen, da lassen sie mich los. Ich kauere angelehnt an die Kachelwand. Ein metallener Ton. Vor mir hopst etwas, es glänzt. Ein Tierchen? Es kullert zwischen meine Beine, verschwommen sehe ich was, die Schmerzen halten mir die Lider tief, ich blinzle, ich sehe die Schlange, ich sehe den Ring. Die Frauen schlurfen stumm hinaus, ich sitze zusammengeklappt in der Kachelecke. Schwere, langsame Schritte, Beine, die dazu gehören. Stockfisch. Sie geht in die Hocke, nimmt ihren Ring, steckt ihn zurück an ihre rechte Hand. Ich werde berührt. Die rechte Hand von Stockfisch fasst mein runtergerutschtes Kinn, hebt es zu ihren Frischhaltefolien hoch. Ich mache die Augen zu und stöhne. Es ist lange her. Ich. Ein Kind. Meine Mutter. Es ist ein mütterliches Anfassen. Ein mütterliches Anfassen von Stockfisch. Träume ich? Mein Kinn sackt in ihre Handfläche, dazu Kopf, Körper, Schmerzen, alles, was sich im Knast angesammelt hat, entlädt sich dorthin, auch die Hoffnung. Ich halte die Augen weiter zu. Ich warte lange. Aus der Dusche tropft ein einzelner dicker Wasserklecks, klatscht links neben mein Knie, ich zähle die Abstände. 1, 2, 3, 4, 5, 6. Ein Mensch, der mit seinem Stiefelfuß meine linke Hand getreten hat, ein Mensch, der Spaß am Quälen hat, ein Mensch mit Augen, in denen man nicht lesen kann, ein Teufel. Ich werde geweckt, sie spricht: Du wirst zu schwer. Ich mache die Augen auf, hebe mein Kinn aus ihrer Hand, sehe eine Frau, die neben mir kniet, eine Frau, die Augen hat, und die Augen haben Güte. Die Frau entfernt sich kurz, kommt mit einem

Bettlaken zurück, hilft mir aufzustehen, wickelt mich ein in das überlange Tuch, stützt mich, führt mich auf die Krankenstation. Hier habe ich es gut, so gut. Tiefer Schlaf mit hohem Fieber. Essigumschläge, auf meiner Stirn wechselt ein kühler Lappen, es wird hantiert und geflüstert. Im Dämmerzustand sehe ich eine Frau, sie ist immer um mich, ihre wie aus einem Eimer scheppernde Stimme ist wohltuend. Stockfisch sitzt an meinem Bett und betet.

Kirchenglocken. Ich sitze noch immer auf der Bank am Strandweg und höre aus der Ferne Kirchenglocken. Der betende Stockfisch verglimmt, deutlich auf mich zu kommt ein fremdes Geräusch. Ein Mensch, mit beiden Armen wild winkend, auf Rollerblades. Es ist Ute Friebel (neunundsechzig). Sie klatscht neben mir auf die Bank. Happy landing. Sie keucht, will sprechen, kann aber nicht. Das erste, was aus ihr rausschwappt:

Da staunste, wa! Ich bin schneller als meine Enkelin Soraya, und die läuft bei Lokomotive Leuna. Mensch, Liese, wo warste denn? Heut ham wa Aspirin gefrühstückt. Schade, dass du so früh weg bist, affengeile Nacht. Wie damals, eng, am Bett von Luise-Marie, eng wie 59 im Zelt, na ja, damals haben wir Hasseröder Bier getrunken, wirklich, Liese, das hat's gebracht, nah beieinander, das war's, 'ne Einheit, wir waren wieder 'ne Einheit wie damals, das war's, groß reden brauchten wir nicht, die Enge, das hat's gebracht, das war's.

Ich: Was heißt, groß reden brauchten wir nicht? Komm, als ich euch gestern Abend verließ, habt ihr nur noch gelallt.

Typisch Spielverderberin, Mensch, Liese, was haste dich verändert, warum biste überhaupt gekommen, immer setzt du dich ab, meidest das Kollektiv. Na gut, ein Jahr Knast, das war sicher keine Hype, aber das ist ja auch schon dreißig Jahre her. Mensch, Liese, wovor rennste denn immer weg, eiferbibsch nochemal? Jeder von uns hatte doch seinen Scheiß, da biste nichts Besonderes.

Ute Friebel, fetter Körper, fette Worte, ich muss weg. Sie würgen, ohrfeigen, mit der Bank umkippen, anbrüllen, dann aufstehen und weggehen.

Ich stehe nur auf und gehe weg. Bis zur nächsten Biegung, eine Böschung hinauf, sie kommt mir nach, ich ducke mich hinter eine Kiefer, will sie an mir vorbeirollen lassen, ja, sie rollt vorbei, dazu ist ihre Stimme zu hören, sie keucht »Durch« und sie keucht »Zug«; zum rechten Schritt »Durch«, zum linken »Zug«. Ich schaue hinter ihr her. Ein rollendes, Durch-Zug brüllendes Flusspferd.

Sie hat mich abgelenkt, ich will doch zum Kiosk. Der Kiosk. Hammer?

Ich gehe schneller, ich laufe, ich ertappe mich, ich versuche, mit meinen Turnschuhen rollen zu wollen, ich werde immer schneller, jetzt eine schnelle Rechtskurve, Büsche, Schotter, was jetzt, plötzlich geht's scharf nach links, mein Körper kippt in gefährliche Schräglage, rumms, meine Arme rutschen über eine breite Schulter, die Hände krallen sich in eine Windjacke, meine Nase riecht einen feuchten Nacken, ich klebe an einem Rücken, dessen Arme einen Rollstuhl schieben. Drin sitzt jemand mit einer schwarz-weißen, gestrickten Wollmütze, in einem roten Pullover, die Ärmel vom Pullover hochgekrempelt, weiße, dicke Arme.

Wie? Tätowierte Blumenranken?

Ich befreie mich aus der Umklammerung, stammle eine Entschuldigung und laufe wieder, eine Stimme ruft hinterher: Na, da hammse aber Glück gehabt, dass der Rollstuhl im Wege stand!

Wütend renne ich weiter, beschimpfe mich. Du schreist in der Gegend herum, du klatschst an fremde Rücken, und bei tätowierten Unterarmen drehst du durch. Hammer im Rollstuhl! Abrupt bleibe ich stehen. Schluss. Ganz ruhig. Ich drehe mich um. Ich muss jetzt zurück, sage ich mir, zurück zu dem Mann, an dessen Rücken ich hing, zurück zu dem Mann, der einen Rollstuhl … und im Rollstuhl sitzt …

Erklär dich nicht, tu, was du tun willst, Liese, tu's.

Ich gehe zurück, komme zu der Stolperkurve, bleibe stehen. Kein Mann mit Rollstuhl. Richtung

Strand, nichts. Richtung Kiefernwald, nichts. Noch weiter zurück, nichts. Wie ich die Ostsee und den Himmel nach dem Rollstuhl absuche, geb ich's auf.

6

Ute Friebel hat recht, ich bin zu oft allein. Ich werde jetzt Gruppe spielen, auch wenn's schwerfällt. Auf geht's. Wie spät? 10 Uhr 11. Ich werde frische Brötchen holen und Blumen für den Esstisch! Das wird sie freuen, sie werden mich loben dafür und lächeln. 10 Uhr 11.

Ich stehe in der Bäckerei: Ich hätte gern 10, 11 Brötchen.

10 oder 11?

Beides.

Wenn Hammer ihre Tage hatte, wurde das Spiel 21 gespielt. Mit Skatkarten. Wer eine 10 oder ein Ass bekam, 10 zählt 10, Ass zählt 11, zitterte, er hatte die beiden höchsten Karten, wurde als Kapitalist bestraft und musste sich fürchten. Die Direktion wusste von dem Spiel, duldete es, schlimmer, fand das gut. Hammer gab nur, spielte nicht mit, Astrid hatte eine Krone gebastelt, darauf stand Kapitalist. Wer verloren hatte, musste sich mit frisch geschissener Scheiße ein Kreuz auf die Stirn streichen, es trocknen lassen und die Krone aufsetzen.

Ich muss mal dringend. Ich renne mit meinen Brötchentüten, erreiche das Häuschen, schmeiße die

Tüten auf den Esstisch und stürze aufs Klo. Wie ich die Treppe hinaufstolpere, höre ich hinter mir Moni Hille:

Mann, Liese, wer soll die denn alle essen? Einmal 10, einmal 11? 21 Brötchen! Mensch! Liese, die Fresswelle ist in der DDR doch schon lange vorbei! Und die Fickwelle auch!

Ach ja, schon seit langem, höre ich Helga Sperber stöhnen.

Ich sitze länger auf dem Klo, als ich muss, Zeit muss vergehen, ich will nicht erklären müssen, warum ich ein Mal 10 und ein Mal 11 Brötchen gekauft habe.

Getrampel, spitze Schreie. Wortfetzen: Wartet doch! Hat jemand mein Handy? Regnet es, Liese? Kleiner Jasmunder Bodden, rufen sie, Hühnergötter! Dann Getrippel, Geschlurfe, die Türe fällt ins Schloss, ich schleiche die Wendeltreppe hinunter und sehe den Zettel auf dem Tisch; Luise-Marie Teesenberg hat ihn geschrieben: *Suchen Hühnergötter, 19 Uhr Fischessen in Garga, holen Dich ab.*

Wo sind die Tüten? Wo sind die Tüten? Da! Eine ist leer, brutal glattgestrichen von einem Handrücken mit Fingerring, dem Handrücken von Fee Vrohn, zerrissen von dem Ring. Die Tüte liegt auf dem Tisch, die Brötchen ausgeleert in einer Schüssel. Die andere Tüte? Die andere? Gott sei Dank, da steht sie, schön aufrecht auf der Kommode neben der Terrassentür. Ich freue mich, sie ist noch voll.

Ich nehme sie in die Arme, fasse sie zart an, ich habe Angst, den Brötchen weh zu tun. Meine nackten Arme und meine Brust spüren durch das Papier eine wohlige Wärme. Ich stehe da und genieße; ich bin allein, das ist gut. Zwei Schritte zum Tisch, behutsam, ich setze mich, lege die Tüte vor mich hin, halte sie zu, halte sie fest zu, der Duft darf nicht entweichen. Den will ich für mich, für mich ganz allein. Ich rutsche mit dem Stuhl ganz nah zum Tisch, löse die Finger, die Tüte öffnet sich, meine Hände machen das Loch größer, ich beuge meinen Kopf, Nase, Augen und Mund passen in die Öffnung. Den Backgeruch will ich einsaugen, ich bin eine Biene, die sich Nektar holt. Mit langen Zügen ziehe ich den Duft tief in mich hinein, bis sie da ist: Die Spahn'sche Backstube. Das Mir-kann-nichts-passieren. Das Wird-schon-eine-Lösung-Geben. Das Trost-, das Flucht-, das Liebegottplätzchen. Die Backstube. Meine ersten Schritte, meine großen und kleinen Freuden wurden dort im betörenden Duft sorgfältig konserviert, Tränen wurden getrocknet, Angst weggeduftet. Für andere gab es die Kirche, meine Kirche war die Backstube, mein Weihrauch roch nach Brötchen und Kuchen.

Als man meinen Eltern am 8. Mai 1945 ihre beiden von Fee Vrohns Vater, Paul Vrohn, erschossenen Jungs, Siegfried und Heinz, meine Brüder, gebracht hatte, sie im Flur abgeladen waren wie zwei gefüllte

Mehlsäcke, und meine Eltern nicht mehr aufhören konnten, schreiend zu weinen, nach vielen Stunden, in der Nacht, es war stockfinster, ich war drei Jahre alt, holten sie mich aus dem Bett. Mein Vater trug mich, mein Kopf schmiegte sich an sein Gesicht und wurde nass. Sie weinten jetzt stumm, der Schmerz lief aus ihren Augen. In der Backstube setzte mich mein Vater auf meinen Kinderstuhl, gebastelt von Siegfried und Heinz, Weihnachten 1944. Im Backofen wurde Holz nachgelegt, Zutaten für ein Brot kamen in die Wanne, sie fingen an zu kneten. Da standen sie vor mir, nebeneinander, stumm, starrten auf den Teig und kneteten. Abwechselnd. Die Hände meines Vaters, die Hände meiner Mutter, die Hände meines Vaters, die Hände meiner Mutter, ein Rhythmus ohne Töne. Es dauerte lange, bis ich diesen stummen Wechselschritt verstehen konnte. Bäumchen-wechsel-Dich. Wenn bei meiner Mutter die Tränen kamen, trat sie zur Seite, mein Vater kam dran, knetete weiter, kamen sie ihm, trat er zur Seite, und meine Mutter übernahm. Sie wollten keine Tränen im Teig. Der kleine Teigklumpen lag auf dem großen Knettisch und wurde nun von meinem Vater geschlagen, mit der flachen Hand, mit der Handkante, immer abwechselnd, flache Hand, Handkante, lange so, bis meine Mutter ihn am Ärmel zog. Ruhe. Ein letzter Schlag, in der Mitte die berühmte Spahn-Kerbe, niemand konnte sie nachmachen. Der Teig braucht eine Stunde zum

Gehen, meine Eltern haben eine Stunde gesungen, Weihnachtslieder, Wanderlieder, Schlager, dann schoben sie das Brot mit der »Schüssel« in den Ofen, nahmen mich vom Stühlchen, setzten sich auf die Bank, ich saß auf dem Schoß meines Vaters, seine Mehlarme hielten sich an mir fest. Ich hatte meine Eltern nie vorher und auch nachher nie so gesehen. Ich hatte Angst, sie könnten ausrinnen, und dann wären sie weg. Plötzlich. Helfen, ich wollte helfen, sie sollten mich anstarren und nicht den Ofen. Ich fing an zu lachen, ich lachte laut und lange, deshalb kann ich mich auch erinnern. Auf der Straße ratterte etwas. Wir drei saßen und warteten auf den Duft von Brot.

Da kam er. Immer deutlicher, der Duft von Brot. Mein Vater und meine Mutter begannen langsam tief Luft zu holen, immer wieder zogen sie den Duft von Brot ein, sie weinten nicht mehr, sie saßen steif und gerade und weinten nicht mehr. Atmeten ein, atmeten aus, ich schlief ein.

Als mein Vater das Brot aus dem Ofen holte, war ich aufgewacht. Er kippte das kleine Brot von der langen breiten Schüssel auf den Tisch, meine Mutter bepinselte es mit Wasser. Da lag es. Es glänzte und duftete und lag da. Es duftete noch lange, es wurde nie gegessen, es bekam einen Platz in der Vitrine im Wohnzimmer. Ich beschloss, Bäckerin zu werden.

Der Duft aus der Rügener Tüte ist von mir weggeschnüffelt. Ich stehe auf, suche eine Schüssel, die größte ist die Salatschüssel, ich nehme sie, schütte die Brötchen hinein. Die glatt gestrichene, von einem Handrücken mit Fingerring zerrissene Brötchentüte liegt vor mir auf der Ablage.

Fee Vrohn! Mein Geburtstag, mein 10. Geburtstag! Ich hatte mir schon so viel umsonst gewünscht; eine Katze, eine Palme, eine Rot-Kreuz-Station, eine Puppe, die in die Windeln macht. Diesmal hatte ich mir einen Kanarienvogel gewünscht. Er sollte gelb sein und er sollte Pantöffelchen heißen, im Angedenken an meine ersten Hausschuhe, die gelb, flauschig und kuschelig waren. Sie an den Füßen zu haben, labte mich immer. Doch in Elversberg gab es keine Zoohandlung, und so war mein Wunsch nach Pantöffelchen nur hingeträumt und meine Erwartung eher gering. Sieben Uhr früh wird es wieder sein wie immer, ich werde in der Küche warten, in der Stube werden sie noch hantieren, Mama, ich und Papa werden uns an den Händen halten, meine Eltern sehr laut »Zum Geburtstag viel Glück« singen, mein Vater den Vorhang zwischen Küche und Stube zur Seite schieben, und dann mein jährliches Strahlen über das gestrickte Kratzende von Mama, über das xte Poesiealbum, über die neuen Schleifen für die Zöpfe. Dazu wird der duftende Baumkuchen sein, in einem mit schwarzen Hufeisen und grünem Klee bemalten Holzkranz thronend, besteckt mit brennenden Kerzen, und wird zurückstrahlen.

Doch an meinem zehnten Geburtstag, diesmal, war es anders. Es hatte damit angefangen, dass meine Eltern in der Küche bei einem undefinierbaren Geräusch aus der Wohnstube sich grinsend angesehen, meine Mutter laut gehustet, mein Vater sich laut geschnäuzt hatte. Wie ich ihn verwundert ansah, hatte der ernste Mann seinen Kopf hin und her gewiegt, leise gepfiffen und ruckartig zur Decke geblickt. Meine Mutter hatte weitergehustet, zur Linderung ein Glas Wasser bekommen, sich verschluckt, und mein Vater hatte sie auf den Rücken geschlagen, als wollte er hier Holz hacken.

Da war es wieder, das undefinierbare Geräusch.

Es war ein Trillern!

Kein Anfassen, kein Singen, ich stürzte durch den Vorhang ins Wohnzimmer. Ein weißer Käfig. Ein gelber Kanarienvogel. Nur an den Flügeln schimmerte es weiß. Pantöffelchen.

Er zirpte und trällerte, das Brüstchen vibrierte. Freudentränen. Meine Eltern weinten, weil ich weinte.

Ich hatte endlich etwas Lebendiges, für mich, für mich ganz allein. Glück, Dankbarkeit, Umarmungen wieder und wieder, ich immer wieder meine Eltern, eine Umarmmaschine. Nun musste ich mich mitteilen, das Glück hatte mich aufgeblasen, es saß in mir, es musste raus, unbedingt. Ab in die Schule, ich sprudelte dort: Pantöffelchen! Mein Vogel! Meine Liebe!

Fee Vrohn, du kamst wie so oft zu spät. Die erste Pause; ich wollte nicht, aber ich musste dir alles erzählen. Auch einladen musste ich dich, weil zu meinem neunten Geburtstag hatte ich dich nicht eingeladen, und das hatte mich fünf Zentimeter meines linken Zopfes gekostet, eigentlich zehn Zentimeter Zopf, denn der rechte musste angeglichen werden. Du bist während der Handarbeitsstunde hinter mir gesessen.

Um fünfzehn Uhr ging's los, sieben Mädchen hatte ich einladen dürfen. Wir Mädchen umstanden Pantöffelchen in meinem kleinen Zimmer, er trällerte nicht. Ich drängte meine Geburtstagsgäste hinaus, zum Höhepunkt, in die Backstube. Unter Aufsicht meines Vaters bekam jedes Kind ein Stück Brotteig zugeteilt, durfte es formen und gestalten, es selber in den großen Ofen schieben und auf das Ergebnis warten. Mein Vater sagte: Ihr könnt es aufheben oder ihr könnt es aufessen. Alle waren da, alle waren aufgeregt. Nur du, Fee Vrohn, kamst später dazu. Mit der Forderung nach mehr Teig. Du wolltest mehr Teig. Du wolltest nicht mit uns kneten, du wolltest einen Extraplatz zum Kneten. Mein Vater gab ihn dir in der linken Ecke am Glasurtisch. Mit dem Rücken zu uns. Wir formten Türme, Schlangen, Männchen und Schälchen; dünne, lange, eckige und durchlöcherte. Du, Fee Vrohn, modelliertest ein dickes Herz. Nach dem Backen, Staunen, Erfolgsschreie, Tränen, eine Schlange und einen

Turm musste mein Vater kitten. Nur dein Brotherz, Fee Vrohn, dein Brotherz war makellos. Einfach schön. Deine Stimme, Fee Vrohn, wurde jetzt feierlich, du verlangtest die Glasurspritze und drücktest ein L und ein F nebeneinander auf das dicke Herz: Ein Geschenk von mir, Liese, du darfst es nie essen, du musst es aufheben ein Leben lang, es bringt dir Glück! Es gab Applaus für dich, Fee Vrohn, auch von meinem Vater.

Bei dem üblichen Tortenessen und den Spielen, die nun folgten, war ich halbherzig dabei. Ich wollte allein sein, plötzlich wollte ich allein sein mit Pantöffelchen, er sollte mich antrillern, ich wollte ihn angucken dabei. Endlich, die Kanne Himbeersaft war leer, die Bouletten verschlungen, Auf Wiedersehen, Danke schön, Auf Wiedersehen, Danke schön, mit einmal Luftholen rannte ich die zwei Treppen zu meinem Zimmer am Dachboden hinauf, stieß gegen die Schaukelstange, die Papa am Balken vor meiner Tür installiert hatte, Tür auf, starker Luftzug, Tür zu. Das Fenster stand offen, die Käfigtür stand offen, ich stand still, Pantöffelchen war weg. Weggeflogen, durchs Fenster weggeflogen.

Rundfrage: Wer hat das Fenster aufgemacht? Die Käfigtür? – Niemand.

Ich konnte nicht weinen, so traurig war ich.

Als ich neun Jahre später, nach dem Abitur, zur Fachhochschule für Lebensmittel-Chemie Fahlberg-List nach Magdeburg ging, musste ich umziehen. Ein nettes möbliertes Zimmer, ein Koffer mit Kleidern, ein Koffer mit Lieblingskram. Dazu gehörte auch das alte Brotherz von dir, Fee Vrohn. Ich war unaufmerksam, das Herz kollerte vom Regal, schlug auf, brach auseinander. Was ich sah, war Grauen. Fee Vrohn, du hattest an meinem zehnten Geburtstag Pantöffelchen getötet und im Brotteig gebacken.

Mensch, Liese, du hast nichts versäumt, wir haben keine Hühnergötter gefunden!

Sie sind wieder da. In verschiedenen Lautstärken, lärmend, eine Herde Fremdtiere. Jetzt sind sie mir willkommen. Sehr.

Ute Friebel: Weiß eigentlich eine von euch wirklich, warum Hühnergötter Hühnergötter heißen?

Ich schreie, ich! Ich weiß es! Ich weiß es ganz genau; der alte Mann, der Strandkörbe vermietet, der vorne am Platz, wo die Promenade anfängt gegenüber der Eisdiele, da sitzen immer zwei, den mit dem roten Bart, meine ich, der hat mir alles über Hühnergötter erzählt.

Nie hat der alte Mann mir was erzählt, von Hühnergöttern hab ich keine Ahnung; hopp, Liese Spahn, lass dir was einfallen! Sechs Frauen haben sich vor mir aufs Sofa und den Sessel platziert, hungrig mit langen Hälsen, sie wollen gefüttert werden. Ich beginne langsam; es fällt mir auch nur langsam etwas ein.

Also, da gab es einen armen Fischer.

Wieso arm, Ute Friebel posaunt dazwischen, wieso arm, wieso müssen Fischer immer arm sein?

Jetzt lass doch die arme Liese erzählen!

Also von vorn. Also, da gab es einen Fischer, arm oder reich oder mittelständisch, der lief am Strand entlang, plötzlich hielt er inne.

Luise-Marie, fragt Fee Vrohn, für wann ist eigentlich heute Abend der Tisch bestellt?

Ich brülle: Und plötzlich hielt der Fischer inne, er bückte sich, denn er hatte einen Stein erblickt, der ein Loch hatte.

Mensch, Liese, ruft Rotraut Spindler, der musste sich nur ein Mal bücken, ich hab mich heute Nachmittag hundert Mal gebückt, und was hab ich erblickt? Nullo!

Ja, antwortet ihr Helga Sperber, jetzt, wo du's sagst, mein Kreuz tut so weh, als hätt' mich n' Laster überrollt. Es is, wie's is, wir müssen uns damit abfinden, zum Bücken sin wa einfach zu alt!

Luise-Marie Teesenberg: Was? Also bitte, liebe Helga, für schweinische Ausdrücke sind wir ja wohl auch zu alt!

Helga Sperber, empört: Liebe Luise-Marie, freunde dich endlich mit einem Hörgerät an, ich habe nicht ficken gesagt, ich habe bücken gesagt!

Wieherndes Gelächter von allen. Im Gehege eines zoologischen Gartens zusammengesperrt ein Gorillaweib, eine Hirschkuh, eine Wildsau, ein Flusspferd und eine Hyäne, sie blecken die Zähne und geben laute scheppernde Lachen von sich. Die Lache der Hyäne, Fee Vrohns Lache, ist so ansteckend, dass auch ich lache.

Ich löse mich vom Tisch, an dem ich gelehnt hatte. Ein betrippstes Huhn ohne Hühnergott schleicht die Wendeltreppe hoch.

Zusammen mit den Pensionsgästen sitzen sieben ältere Frauen in einem Wirtshaus in Garger und freuen sich auf die am Morgen vom Wirt gefangenen Flundern. Flundern mit Bratkartoffeln. Wir vier Wessis sitzen auf der Holzbank, gegenüber auf den Stühlen die drei Ossis, alle gierig. Ich wollte nicht neben Fee Vrohn sitzen, ich hatte Glück, ich sitze neben Moni Hille und Luise-Marie Teesenberg.

Das Bier kommt, alle sagen Prost, der Fisch kommt, alle sagen, Mmh. Stille. Mmh! Stille. Die Flundern sind gegessen, Ost und West gesättigt.

Luise-Marie Teesenberg, die Autorität, Diplom-Ingenieurin, Brückenbauerin, Luise-Marie Teesenberg, die so sehr Respektierte, legt ihr Besteck klirrend auf den Teller zurück, schiebt ihn weit von sich, die Unterarme liegen auf der Tischkante, sie sitzt gebeugt und sagt: Fee, würde es dir etwas ausmachen, mit Helga den Platz zu tauschen, ich möchte dich sehen, wenn ich spreche.

Der Satz ist für uns alle ein Schreck. Ich sehe zu den Ossi-Stühlen, sehe dort und sehe links und rechts von mir die mit verlaufendem Lippenstift und

Fett verschmierten Münder, zugedrückt und ernste Mienen. Eine Pause.

Fee Vrohn wechselt wortlos zu den Ossis rüber, rückt dreimal ihren Stuhl zurecht. Ich bin aufgeregt.

Marie-Luise Teesenberg, in den fünf Tagen mit uns hier auf Rügen die Schlichterin, die Ausgleichende, trotz des falschen Busens auf der Tanzfläche, trotz großer Scham souverän, jetzt ist ihre Stimme neu:

Fee, was jetzt kommt, ist für dich –

Wenn du Einwände hast, unterbrich mich, es ist neunundvierzig Jahre her. Am 17. Mai 1959 wurde mein Bruder Hartmut achtzehn, mit neunzehn, na ja, sollte er Abitur machen, na ja, einmal sitzen geblieben, faul gewesen. Er hatte viele Freunde. Auch Mädchen. Du, Fee, gehörtest nicht dazu. Du warst zwar schrecklich verliebt in meinen Bruder, hast ihm Briefchen und alles Mögliche geschickt, aber mein Bruder liebte nicht dich, mein Bruder liebte eine Kindergärtnerin aus Rodenberg.

Liese, es war Liese, er war in Liese verliebt, sagt Fee Vrohn.

Nein, sagt Marie-Luise Teesenberg, nicht Liese, es war die Kindergärtnerin Monika Heuermann aus Rodenberg. Fee Vrohn zuckt mit den Mundwinkeln, sackt zusammen.

Wir waren achtzehn, setzt Luise-Marie Teesenberg fort, achtzehn Gäste, achtzehn Jahre, Hartmut wollte das so. Mein Onkel Herbert hatte eine Sparbüchse, ein Sperrholzkästchen mit Schlitz gebastelt, sie mit einer 18 bemalt; wir sammelten, es kam sehr viel Geld zusammen, und wir konnten den kleinen Saal im »Ochsenberg« mieten. Die Eltern von Hartmuts bestem Freund Dieter Berger liehen uns ein Tonbandgerät mit fünf bespielten Bändern, alle vom Rias Berlin aufgenommen. Für jeden etwas, erster Beat, Tom Jones, Sinatra, Mireille Mathieu, Elvis. Alles vom Feinsten, alles verboten. Ihr wisst natürlich alle noch, dass wir, als wir in die Oberschule kamen und FDJlerinnen wurden, die FDJ-Statuten unterschreiben mussten: West-Radio, Hetzkampagnen des Klassenfeinds und der Kriegstreiber aus dem Westen hören, ist verboten. Könnt ihr euch erinnern? Wir nicken. Luise-Marie Teesenberg spricht weiter, ohne nachzudenken, als würde sie vorlesen.

Der Pächter vom »Ochsenberg«, Herr Lattenbrinck, ihr kennt ihn, kam uns sehr entgegen; Mittwoch hatte mein Bruder Hartmut Geburtstag, Mittwoch hatten sie Ruhetag, der »Ochsenberg« gehörte uns. Wir fragten ihn sogar wegen der West-Musik, und er sagte grinsend, Mittwoch ist Ruhetag, und ich bin schwerhörig. Es wurde ein besonderes Fest, wir haben diese Musik eingesaugt, wir konnten nicht mehr aufhören, um vier Uhr morgens schaltete Herr Lattenbrinck den Strom aus. Wir waren todmüde, das klobige Tonbandgerät war schwer, wir vergaßen es, es blieb stehen.

Luise-Marie Teesenberg macht eine Pause. Sie hält die Tränen angestrengt zurück, Luise-Marie Teesenberg weint aus der Nase. Wir sitzen alle still.

Als wir ausgelassen, glücklich und verschlafen am Donnerstag um acht in die Schule kamen, wurden wir in den verschiedenen Klassen aufgefordert, uns sofort im Lehrerzimmer einzufinden. Dort trafen wir uns wieder, wir waren nur sechzehn, Wolfgang Fricke und Klaus Devertin hatten verschlafen. Von den Lehrern waren anwesend unser Direktor, Dr. Wagenknecht, der Dormann und der Weißenfels. Wir sechzehn standen eng zusammen, ein Klumpen Angst. Auf einem Schreibmaschinentischchen stand das Tonbandgerät. Dr. Wagenknecht drückte auf »Play« des Tonbandes, wir hörten die Stimmen von Dieter und Hartmut. Sie hatten, als sie das Tonband installierten, aus Quatsch eine Tonaufnahme gemacht und das Löschen vergessen.

1, 2, 3, 4, Tonprobe, Lachen, dann Hartmut:

Hier Erich Honecker, FDJ, Erich Zwo, hallo, Genosse Erich Mielke, Erich Eins, sach doch mal, eine Gruppe stramme FDJler haben einen Antrag gestellt, zu einer Geburtstagsfeier vom Klassenfeind, aus dem Westen Schundmusik hören zu wollen, das degenerierte, das linientreue Herz zersetzende Trallala von Tom Dschohnes, Sienatra, Elfis. Hallo, bist du noch dran, Genosse Erich Eins?

Dann Dieter:

Ja, hallo, bin noch dran, Genosse Erich Zwo, das kann auf keinen Fall jenehmigt werden, die Texte sind alle auf Amerikanisch, das könn' wir nich nachprüfen, wir zwei, wir beide haben doch die Sprache des Klassenfeindes … Also, Jesuch wird abgelehnt. Sonst drei Jahre Bautzen. Freundschaft, Genosse, Druschba, weiter so, Erich Zwo!

Luise-Marie Teesenberg stoppt. So und nicht anders, ich musste es oft anhören. Doofes Zeug.

Wir sechs alten FDJlerinnen sitzen bewegungslos um den Tisch herum, keine sagt etwas, keine lacht. Luise-Marie Teesenberg sieht nur eine von uns an. Sagt dann:

Dieter und Hartmut wurden von der Schule verwiesen, die Eltern von Dieter, denen das Tonbandgerät gehörte, wurden angezeigt und gingen einen Monat in den Knast, Herr Lattenbrinck vom »Ochsenberg« verlor den Pachtvertrag, wir sechzehn übrigen wurden aus der FDJ ausgeschlossen, bei der geringsten disziplinären Abweichung drohte Schulverweis. Hochschulempfehlung für keinen von uns, klar.

Luise-Marie Teesenberg, von dem langen Sprechen kurzatmig, muss sich anlehnen. Sie kramt in ihrer Handtasche, angelt Lippenstift und Spiegel und zieht sich die Lippen nach. Wir alle hatten damals von der Geschichte mit dem Tonband gehört, jeder hatte etwas anderes erzählt, nun wissen wir die Wahrheit. Ich denke zurück, wahrscheinlich denken alle zurück. Jede ist für sich. Das dauert.

Luise-Marie Teesenberg leise: Jemand hat uns damals verraten.

Fee Vrohn: Nicht ich.

Ich liege mit Moni Hille im Bett, wir können beide nicht schlafen. Moni Hille spricht zuerst: Liese, wenn ich gewusst hätte, was hier abgeht, ich wäre nicht hierhergekommen. Das ist kein freudiges Wiedersehen nach achtundvierzig Jahren, das sind Keulenschläge. Mir tut alles weh, mein Rücken, meine Beine, meine Schultern, mein Kopf, und der Scheiß ist, auch jetzt, als Luise-Marie die Geschichte vom Tonband erzählte, schrecklich, man kann sich das jetzt ja gar nicht mehr so vorstellen, der Scheiß ist, ich krieg noch heute den Buckel und fühl mich schuldig, dreckig, als wär ich der Verräter gewesen. Ich hab nie was gemacht und fühl mich schuldig, Liese, bitte, erklär's mir, hilf mir, du bist klüger als ich, sag was!

Moni, das war vor fast fünfzig Jahren. Stell dir vor, du bist ganz klein, man hat dir grausame Märchen erzählt, da hast du mitgelitten, gezittert, dich oft mies gefühlt. Denk an die Mutter mit dem Kind, das Rumpelstilzchen ihr wegnehmen will, denk, das war auch nur ein Märchen.

Sie kichert, sagt: Ach, wie gut, dass niemand weiß, dass ich Fee Vrohn heiß.

Stille.

Irgendwann sind wir eingeschlafen.

Nachtlicht vom zunehmenden Mond, ich sehe das Fenster, zweimal so groß wie ein Handtuch, vergittert, Stockfisch sitzt auf einem Stuhl neben der Tür, etwa vier Armlängen von mir entfernt. Der Duschraum, das Klirren von Stockfischs Ring auf den Fliesen, das kalte Wasser in meinem Hintern, Stockfischs Metamorphose zum Paulus, mütterliche Berührung, Fieber, Stockfisch als Kranken- und Betschwester.

Jetzt sitzt sie auf meiner Bettkante, Stockfisch mit dem Ring, die Augen der Schlangen zielen auf mich. Man hat mich erschossen, na endlich, ich kann nicht mehr gequält werden. Ich schließe die Augen, falte die Hände über dem Bauch; wenn sie mich finden, liege ich richtig. Ich liege lange so. Mein Herz rast, also bin ich nicht tot. Ich öffne die Augen, will mich aufrichten, eine weiche Hand drückt mich zurück aufs Kissen, die andere hält meinen Rücken. Stockfisch. Ihr Gesicht über meinem. Ihre Augen keine Klarsichtfolien mehr. Die Augen sagen was? Hab keine Angst, sagen sie, wir passen auf dich auf! Jetzt spricht Stockfisch selbst.

Bist du wach? Kannst du mich hören?

Ich nicke.

Du warst sehr krank, ich habe versucht, so gut es ging, auf dich aufzupassen. Habe meine Freitage gegen Nachtwache bei dir eingetauscht. Habe viel riskiert, weißt du, Schremm, Oberleutnant Schremm, ist hier Alleinherrscher, aus der Achterzelle kommst du nur über Schremm raus. Hammer hatte mich wegen der Nachtwache verpfiffen. Ich konnt es aber Schremm gut erklären. Auch die Sache mit dem Ring hab ich geklärt; Evelyn, die Dicke, auf die Hammer mal scharf war, die hatte den Ring geklaut, wollte sich wichtig machen, das Aas, sich dadurch wieder ranschmeißen an Hammer. Ich sagte Schremm, dass ich den Ring in der Dusche gefunden habe, geglaubt hat er das eh nicht. So, das ist das Wichtigste, das du wissen musst. Jetzt werd gesund. Noch Fragen?

Warum?

Später.

Das Schnarchen von Moni Hille ist stärker als meine Erschöpfung, ich bin noch immer wach, aber, Gott sei Dank, die Gitter vor den Fenstern sind weg, kein Stockfisch auf der Bettkante, dafür hat sich Moni Hille mit einem eigenen Schnarcher wach geschreckt. Es ist drei Uhr morgens.

Ich möcht jetzt Karten spielen, sagt Moni Hille.

Keine Lust.

Liese, ich schlafe jetzt die fünfte Nacht neben dir, du hast massive Schlafstörungen, und wenn ich morgens aufwache, bist du weg. Liese, ich weiß, was du mitgemacht hast, von deiner Flucht aber weiß ich nur Bruchstücke, Mensch, Liese, ich bin da, ich kann nicht schlafen, also lass es raus, das ist wichtig, deine Nerven sind am Anschlag, wenn du's nicht rauslässt, macht's peng, was machste dann?

Peng trifft, das durfte sie jetzt nicht sagen, peng kann ich nicht gebrauchen, peng ist ein Scheißwort, peng will ich nicht, peng hat's geschafft, ich heule. Sie umarmt mich, robustes Reiben an meinem Rücken. Siehste, sagt sie, wie recht ich hatte. Und ich heule noch mehr.

Bis ich den Satz sage: Zwei Tage später haben sie mich aus der Krankenstation entlassen, ich war noch schwach, musste zurück in die Achterzelle zu den Bestien, zu Hammer. Die wussten von Stockfisch und der Nachtwache für mich.

Ich verstehe nur Bahnhof, Liese. Moni Hille richtet meinen Kopf auf, er war vorher auf ihrer Brust gelegen. Ich wollte was von deiner Flucht wissen, macht nix, rede, rede, ich hör bei allem zu, denn sonst macht's wirklich mal peng bei dir.

Ich greife ihre Hände, nehme sie von meinem Kopf, setze mich auf und spreche nun zur Kommode neben der Tür.

Die erste Nacht nach der Krankenstation in der Zelle. Die dunkle Zelle, zwei Kerzenstummel geben Licht zum Erkennen. Auf meiner Bettkante sitzt ein brauner Strumpf mit Augenschlitzen, darum herum fünf andere Köpfe. Der Strumpf flüstert, es ist Hammer, der flüstert, ich schreie. Gerlinde steckt mir einen Knebel in den Mund und sagt, is'n angepisster Schlüpfer von mir, guten Appetit. Würgen, schwitzen, krächzen. Zwischen meinen Busen bohrt sich was, Hammers Hand ist das mit einer Pistole, mein Körper wird steif. Du siehst außer mir nur fünf Köpfe, sagt der Strumpf, einer fehlt, es ist der Kopf von Evelyne. Die Gute sitzt in Einzelhaft, musste gestehen, dass sie den Ring von Stockfisch geklaut hatte. Und warum das alles? Weil die Braut von Stockfisch sie verraten hat, und die Verräterin heißt Liese Spahn. Was tut man mit Verräterinnen, Schlampe? Na? Weißt es nicht, Schlampe? Da müssen wir nachhelfen. Wir haben ein Urteil gefällt, Schlampe. Todesstrafe! Peng!

Ich wollte aus dem Bett springen, wurde gegriffen, die Hände wurden zusammengebunden, die Füße, ich wurde aufs Klo gesetzt, versuchte, ich war's nicht, ich war's nicht zu krächzen, Hammer hielt mir die Pistole an den Kopf, ich schloss die Augen und wimmerte, Papa, Papa, Papa. Hammer lachte. Gerlinde wollte mit einem Schal meine Augen verbinden, dann ein Schrei von Britta Toost aus der linken Zellenecke. Sie stürzte nach vorn, schlug Hammer die Pistole aus der Hand, Stühle fielen, Blechteller flogen, Schreie, Britta schrie am lautesten, vier Frauen lagen ineinander verkeilt auf ihr, Hammer, plötzlich ohne Strumpf, stand daneben, trat mal links, mal rechts mit ihren Stiefelbeinen dazwischen. Ein Arm ragte aus dem Knäuel, in der Hand die Pistole, ich hörte das Wort Plastik, Britta Toost rief, Plastik. Der Menschenhaufen sackte zusammen, Stille, ruhiges Atmen, langsame Bewegungen, die Frauen standen auf, keine sah mich an. Sie schlurften zu ihren Betten, niemand sprach, die zwei Kerzenstummel brannten noch. Ich stand vom Klo auf, humpelte durch die Zelle, keuchte, Britta Toost kam zu mir, entfernte den Knebel aus meinem Mund, ich erbrach mich. Sie schleppte mich zu meinem Bett, noch zusammengebunden fiel ich rein, Britta Toost blies die Kerzenstummel aus. Ein Krachen, Hammer war aufs Bett gefallen, zwei Stiefel flogen durch die Zelle, Hammers Wut.

Ich bin so erschöpft, dass ich nicht weiß, hab ich die letzten Worte ausgesprochen oder nur gedacht. Es ist nun halb vier, Moni ist längst eingeschlafen. Ich weiß nicht, was ich denken soll, um nichts zu denken. Zum ersten Mal auf Rügen schlafe ich, schlafe bis in den späten Morgen.

7

Ich werde geweckt, ein Sextett schreit sich unten ein: Helga Sperber, das Fagott, Fee Vrohn, das große Becken, Moni Hille, die Geige, Ute Friebel, die Querflöte, Luise-Marie Teesenberg, der Kontrabass, Rotraut Spindler, die Bratsche. Dazu schepperndes Geschirr, Blechinstrumente.

10 Uhr 30 ist es, ich stehe auf, öffne die Tür, trete auf den Flur, von dem aus die Wendeltreppe nach unten geht. Ich sehe sie nicht, ich höre sie nur. Ich springe ins Badezimmer, beim Zähneputzen die Hoffnung, dass sie ausschwärmen, dass das Sextett am Strand gastiert. Ich bleibe lange im Badezimmer, ich bin feige, ich will keinen Streit.

Nun ist es elf, ich öffne die Badezimmertür, es hat sich ausgekeift, Ruhe, Gott sei Dank, sie sind weg. Ich habe Hunger und gehe runter.

Das Fagott ist zuhause geblieben. Helga Sperber döst in sich hinein, sieht mich, zuckt zusammen, steht vor mir. Weint sie? Ja. Ich nehme sie in die Arme, sie geht mir bis zur Schulter, sie war immer eine Kleine. Sie weint weiter, ich drehe sie aus der Umarmung, stelle sie vor mich hin, ihr Körper wackelt, ich warte, nehme meine Hände von ihr, nun steht sie, ich setze mich. Ich weiß, dass ich etwas sagen muss. Ich sage, was war denn los? Helga Sperber macht eine Handwegwischbewegung, setzt sich an den Esstisch. Wenn ich gewusst hätte, sagt sie, dass sie auch mitkommen wird auf unsere Insel –

Ich weiß, wer. Trotzdem frage ich danach. Ich will hören: Fee Vrohn. Fee Vrohn. Diesen Namen will ich hören, Fee Vrohn. Helga Sperber sagt: Fee Vrohn.

Sie dreht sich zu mir, zaghaft; leise sagt sie, Liese, ich hatte dir von meiner Oma erzählt, die mich in Leipzig aufgezogen hatte, du weißt, die immer sagt, so gut wie in der DDR ist es mir vorher noch nie gegangen. Die Oma hatte nur eines im Sinn, die DDR und mich, sie gönnte sich nichts, alles war für mich. Etwas allerdings, sagte sie immer, gehörte nur mir ganz allein, da bin ich eine überzeugte Kapitalistin, Helgachen, die drei Sammeltassen, meine drei Sammeltassen. Ihre drei Sammeltassen, die eine, ein Abschiedsgeschenk von Familie Otter, bei denen sie mal in Stellung war, eine von ihrer Schwester Alma, eine von meiner Mutter. Das waren ihre Schätze, die drei Sammeltassen, die waren nur zum Angucken. Tasse, Untertasse, Kuchenteller; eine mit Stiefmütterchen, eine mit Mohnblumen, eine mit Tulpen, und beim Putzen von ihnen wollte sie immer allein sein, das ist meine sündige Stunde, sagte sie, da denk ich kapitalistisch. Einmal, ich kam zu früh von der Schule, sie hörte mich nicht, sah ich sie durch den Türspalt, Liese, Liese, das war so, so, so …

Helga Sperber weint, ich weine mit. Dann geht's wieder.

Ach Liese, sagt Helga Sperber, wie sie damals die Tasse beim Abreiben hielt, ganz dicht an den Augen, die Augen krochen in die aufgemalten Blumen, die Lippen bewegten sich, als würde sie mit ihnen sprechen, entrückt, verzaubert meine Oma, ein kleines Mädchen; da hab ich bei der Oma Glück gesehen. Glück. Für mich war klar, einmal schenk ich meiner Oma eine Sammeltasse. So. Wir hatten eine Nachbarin, Frau Schneidersmann, furchtbar dick, sie lief schlecht, für die hab ich oft eingekauft. Kurz vor Weihnachten, ich war zwölf und zum ersten Mal in ihrer Wohnstube: Liese, eine Glasvitrine, drei Stockwerke! Neun Sammeltassen! Für mich gab's kein Halten, ich rannte los, stellte mich vor die Vitrine, breitete meine Arme aus, umklammerte die Ecken, meinen Kopf an die Scheibe gepresst. Eine Sammeltasse mit Maiglöckchen war die schönste, die Maiglöckchen konnte man läuten hören. Frau Schneidersmann war mir zur Vitrine gefolgt, ich drehte mich um und umarmte sie. Ging aber nicht, Frau Schneidersmann war zu dick, ich rutschte ab, an ihr runter, saß auf dem Teppich und umklammerte ihre dicken Beine, sprudelte alles aus: die drei Sammeltassen meiner Oma, mein Traum ihr, der Oma, einmal eine zu schenken, und dass ich diese gerade gesehen hätte und zeigte sie ihr. Frau Schneidersmann nahm sie aus der Vitrine, streckte mir die

Maiglöckchentasse entgegen und sagte: Bitte, Helga. Wie sie das Bitte sagte, Liese, ein Wort zum Reinbeißen. Eingehüllt mit Watte kam die Tasse in ein Päckchen, und das war am 21. Dezember 52; den Tag vergess ich nie. Ich ging stolz, das Wunder mit beiden Händen an die Brust gepresst, nachhause.

An der Böllstringerstraße traf ich Fee Vrohn; sie fragte, was ich am Bauch hielte. Ich erzählte ihr alles, und nun wollte sie die Sammeltasse sehen. Wir standen vor der »HO Stoffe Trikotagen«, wir gingen rein, ich stellte das Päckchen mit der Tasse auf den Ladentisch, packte die Tasse vorsichtig aus, stellte sie so, dass Licht auf sie fiel. Ein Stoffballen. Kommt ins Wanken, kläscht runter, trifft die Tasse voll. Nur kleine Scherben. Das war Trauer, Liese. Fee Vrohn konnte nichts dafür. Damals. Heute beim Frühstück sprachen wir über schönes Geschirr, und da feixt sie, Mensch, Helga, weißt du noch, vor Weihnachten in der HO, wie das Weihnachtsgeschenk für deine Sammeltassenoma zu Bruch ging? Sie lachte nicht, sie wieherte. Liese, ich bin sie angesprungen, ich würgte sie, Liese, glaube mir, wenn die andern uns nicht getrennt hätten, ich hätt weitergedrückt.

Ich sage, komm, wir gehen Fischbrötchen essen. Ich weiß mehr über Fee Vrohn, als Helga Sperber weiß. Ich behalte es bei mir, ich sage, ich habe einen Mordshunger.

Wir gehen zur Strandpromenade, ich passe mich an, kleine Schritte für die kleine Helga Sperber.

Wir kommen an einem Haus vorbei, in einem winzigen Vorgarten, zwei mal zwei Meter höchstens, gärtnern sechs Menschen. Alle halten etwas in den Händen, Spaten, Hacken, Blumentöpfe, Holzstecken, Bindfadenrollen, Scheren. Wir bleiben stehen. Die Menschen gucken. Ein Rudel Menschen guckt uns an.

Nun lacht Helga Sperber wieder.

Die Tür steht offen, wir sehen einen Mann mit rotem Pullover. Erst guckt er zum Garten, dann sieht er mich, er winkt, er ruft: Na, geht's wieder? Ich kenne den Mann nicht, lüge ich zu Helga Sperber, ich kenne den Mann nicht. Der Mann dreht sich um, verschwindet. Die Halbwüchsigen holen zwei Bretter, legen sie auf die Treppe, der Mann mit dem roten Pullover wird wieder sichtbar, ich sehe ihn von hinten, er hält etwas fest, einen Rollstuhl. Ich greife Helga Sperber am Arm, zerre sie weg, sie merkt meine Panik.

Ist das Hammer, Hammer im Rollstuhl, wieder Hammer im Rollstuhl?

Mir wird kalt, meine Hände fangen an zu zittern, das darf ich nicht zulassen, hüpfe von einem Bein aufs andere, schlenkere wild mit den Armen, Helga Sperber guckt entgeistert. Krampf, sage ich, Krampf im Bein.

Nachdem ich die Angst weggehüpft habe, ruf ich, auf geht's, Fischbrötchen essen nach Göhren! Zur Strandpromenade, vorbei an der Eisdiele, vorbei an den Strandkorbvermietern, laufen, laufen, die Angst zerlaufen.

Kreischen. Das Quintett. Das Quintett winkt, links winkt es, rechts hält es ein tropfendes Fischbrötchen; Fee Vrohn steht abseits, um den gewürgten Hals ein Tuch geschlungen.

Die Brückenbauerin Luise-Marie Teesenberg baut eine Brücke, sie schluckt ihr Fischbrötchen, ein Friedensengel mit ausgebreiteten Armen schiebt sie Fee Vrohn und Helga Sperber zueinander. Zwei Hennen schauen aneinander vorbei. So, sagt Marie-Luise Teesenberg, die eine hat beleidigt, die andere hat gewürgt, Anstand, meine Damen, Anstand, gebt euch die Hand.

Die Sonne ist verdeckt, wattige Luft, wir ziehen die Schuhe aus, krempeln die Hosenbeine hoch, es geht Richtung Strand.

Wir durchqueren eine sächsische Familie mit allem Drum und Dran: Stühle, Tisch, Oma, Kühlbox, Schirm, Grill, Eimer, Mutti, Bälle, Hund, Kinder, Windschutz, lautes, breites Sächsisch.

Alle lachen, außer Helga Sperber. Ich erzähle euch jetzt einen Sachsenwitz, der für unsere grundehrliche naive sächsische Mentalität spricht, nu!

'n Päärchen fäährt mit'm Modorad in's Griene, sie hintendruff. Blötzlich hält'er an. Sie: Was hälts'n an? Er: Isch hab mir gedacht, das is'n hibsches Blätzchen zum Picknicken! Sie: … nuur, isch hätt gern vorhär ne Glainichkeit gegessen …

Niemand lacht. Moni Hille erkundigt sich, wieso ist das ein Witz? Das is'n Witz –

Nun geht's los: Klein-Erna-Witze, Ulbricht-Witze Klein-Fritzchen-Witze, Blondinenwitze, Honecker-Witze, Schwulen-Witze, Stasi-Witze, Scheidungswitze. Sieben alte FDJlerinnen liegen im Sand, erzählen, kichern, kreischen, hören zu. Auch ich. Merkwürdig. Ost, West wieder nahtlos wiedervereinigt. Das hält bis zum Nachmittag, dann auf dem Heimweg wieder Gruppenbildung.

Heute soll endlich Sauna sein. Sofort macht sich Fee Vrohn wichtig. Heute wird früh gegessen, verfügt sie, Kartoffelpuffer mit Apfelmus, jede packt an, ab 19 Uhr Sauna, vier passen rein, drei in den Whirlpool; ihr wisst, ich war Physiotherapeutin, ihr könnt von mir Rückenmassagen haben. Aber nicht mehr als 3, schränkt sie ein, mehr schaff ich nicht, und lacht. Heute Abend fallen die Hüllen, hahaha, heute Abend, scherzt sie, Stunde der fetten Wahrheit!

Wie sie das sagt, sind die anderen schon weiter voraus gegangen, ich, immer zu höflich, bin noch in Fee Vrohns Nähe. Da passiert es, ich will weglaufen, und sie knufft mich, jetzt hat sie mich, am siebten Tag hat sie mich. Ihr Arm, eine Eisenkralle, legt sich auf meine Schulter.

Soll ich mich fallen lassen? Ohnmacht spielen? Die Kralle packen und wegschleudern? Nein, ich werde stehen bleiben, ihr alles sagen, endlich, ich werde ihr endlich sagen, was gesagt werden muss, auch Verständnis will ich zeigen; ich weiß es, werde ich sagen, dein Vater war Alkoholiker, er hat deine Mutter und dich oft geschlagen, ich wusste es, beim Umziehen zum Turnen die blauen Flecken, deine Blutergüsse, ich wusste es, werde ich sagen, ich habe damals ertragen, dass du so schlecht bist, weil ich das alles wusste; aber heute, Fee Vrohn, weiß ich, du bist ein Monster, deine Schläge machen keine blauen Flecke, deine Schläge sind Bomben, graben Trichter, reißen Wunden, die nicht heilen können. Als ich noch Kind war und mein Verstand klein, tröstete mich die Perfektion deiner teuflischen Attacken, ich fand dich perfekt, graziös, großartig, alles wissend; an mir schien mir alles kleinwüchsig – bis zu deinem brutalsten Angriff. Ich werde stehen bleiben und ihr sagen, meinen kleinen Vogel, mein Pantöffelchen liebte ich unendlich, und du wusstest von meiner großen Liebe zu dieser Winzigkeit. Du hast den Mord an Pantöffelchen geplant, werde ich ihr sagen, vorsätzlich durchdacht hast du ihn, werde ich sagen. Soll ich stehen bleiben und ihr auch noch sagen, dass mir der Tod von Pantöffelchen mehr weh tat als der Tod meiner Brüder, die sie an der Kanalbrücke erschossen haben? Fee Vrohn, mit Pantöffelchen bist du zu weit gegangen! Und auf jeden Fall werde ich ihr das noch sagen: Ich habe, weißt du, 1993 meine Stasi-Akte beantragt, und nicht nur meinetwegen: Unsere Bäckerei und Konditorei Spahn wurde 1961 verstaatlicht –

Bei »verstaatlicht« pralle ich gegen Fee Vrohn, sie stellt sich vor mich auf und plärrt mich an: He, Liese, Mensch, ich rede und rede – ?

Wie? Sie hat geredet? Wann? Sie hat doch nicht geredet!

Die ganze Zeit neben dir, sagt Fee Vrohn, strenge ich mich an, passe auf, dass meine Worte klar sind, dass du sie richtig verstehst, gebe mir wegen dir verdammte Riesenmühe! Und du?

Wer spricht da?

Also, bitte, denk zurück, Liese, sagt Fee Vrohn, wir waren mal Freundinnen, gut, und ich hab dir aus Jux und Tollerei ein paar Mal vor die Tür geschissen, okay, Schnee von gestern, okay.

Hast du überhaupt mitgekriegt, was ich dir gesagt habe? Mensch, Liese, guck mich mit deinen Gänseaugen nicht an wie ein Schaf! Ich hab nichts Böses gesagt, im Gegenteil.

Was? Niemand hat doch was gesagt, wir sind stumm nebeneinander hergetrottet, und ich, ich habe überlegt, was ich dir, Fee Vrohn, endlich sagen werde!

Also, sagt Fee Vrohn, alles noch mal von vorn, Kurzfassung, Trailer! Und jetzt aufpassen:

Mutti und ich sind ein paar Wochen nach der Mauer mit dänischen Pässen rüber. Wie das geklappt hat, erzähl ich dir nicht.

Brauchst du auch nicht. Ich schaue ins Meer und sage nicht, dein Vater war bei der Stasi und drum hat's geklappt.

Wir hatten noch Glück gehabt, sagt sie, vier Monate später wussten die alles, da hättste dem Vopo dänisch antworten müssen. Na ja, mein Vater starb kurz nach der Flucht, Hirnschlag, meine Mutter und ich machten in Neukölln ein Kosmetikstudio auf; sie Kopf, Hände, Füße, ich den Rest, es lief super. Zwei Ehen, der erste Mann war berühmt, aber das weißt du ja, Karsten Ammann, Berliner Meister im Halbschwergewicht, 1965/66. Viel gereist, viel gesehen, auch den zweiten Mann gesehen, hahaha, Argentinier, Eduardo Piva; war elf Jahre mit ihm in Córdoba, Klassezeit, Spitzenzeit, alles auf Spanisch, claro; Kinder keine, dafür Freunde auf der ganzen Welt, immer unterwegs. War ein Riesenglück, sage ich dir, dass ich mich freimachen konnte für Rügen und euch, hahaha!

Mein Körper wird schwerer, er will wegsacken, alles will weg, nur mein Kopf, höflich, der ist noch da. Stille. Jemand hat Fee Vrohn abgestellt.

Wir stehen nebeneinander. Jetzt wäre ich dran; Stellung nehmen, Meinung haben, Meinung sagen, nachfragen. Hopp, Liese, hopp, sag was!

Fee Vrohn fängt zu klappern an, sie schüttelt ihr Bettelarmband, aus Gold alles: ein Pferdekopf, eine Schlange, ein Schornsteinfeger, ein Golfschläger und ein kleiner Kompass.

Ich sage, Eduardo Piva …

Sie unterbricht sofort: Liese, ach Liese, es gab keinen geileren Mann, groß, schmale Hüften, schmale Nase, Roggenbrötchenarsch, alles Natur, die schwarzen Haare, blaue Augen, Zähne, Liese, seine Zähne waren, oh, wenn er sie zeigte, ging in den Zähnen das Licht an, Liese, Leuchtzähne. Und sein Mund, jetzt sein Mund, sein Mund, der lange suchte, bis er wollte, spannend, wenn alles bereit war, öffneten sich seine Lippen, tauchten ein, gingen unter, verströmten Lust, ja, ja, die Lippen von ihm, die konnten ihr Handwerk.

Ich unterbreche sie, das Lob des Allergrößten muss verhindert werden, und ich sage: Nun ja.

Doch Fee Vrohn ist jetzt geil. Die Zähne, die Lippen, der Mund von Eduardo Piva haben Fee Vrohn geil gemacht. Sie grinst, der rechte Arm streicht an der Muschi entlang über den Rock, sie fächelt sich mit beiden Rockzipfeln frische Seeluft zu, grinst, fächelt stärker, grinst stärker, lüpft eine Sekunde den Rock, hat keinen Slip an. Seid bereit, sagt Fee Vrohn, immer bereit!

Ich packe sie an den Schultern, schubse sie weiter, jetzt rieche ich ihre Alkoholfahne, ich drehe ab.

Du mieses Stück, ruft sie mir nach, du lässt mich hier ausbluten, geilst dich an Eduardo auf und willst mich hier allein lassen! Aber nicht mit mir!

Ich laufe beinahe, was sie mir noch nachblubbert, höre ich schon nicht mehr. Ich komme am

Hotel »Seepferdchen« vorbei. Da hinein, da gehe ich jetzt hinein, ich fühle mich schlecht, feige, habe Fee Vrohn wieder nichts gesagt, habe ihr Böses noch immer in mir gestapelt. Ich setze mich in die muffige Hotelbar, habe eine Zeitung in der Hand, die zwei Tage alt ist, will nicht lesen, will nur sitzen, niemanden kennen, mit niemandem reden, nur da sitzen.

Dann der Weg zu unserem Häuschen, doch. Es ist sechs Uhr abends, Wind und Regen schlagen nach mir, die Schläge treffen. Das ist die Strafe für meine Feigheit, meine Höflichkeit und für meine verdammte Harmoniesucht.

Ich stehe vor der Haustür, rieche die Kartoffelpuffer; im Haus sind zwei Hitzen, die Hitze vom Kartoffelpufferbacken und die von der Sauna. Ich stürme hinauf in mein Zimmer, reiße mir die Sachen vom Leib und begebe mich leicht bekleidet zu den Kartoffelpuffern. Moni Hille und Rotraut Spindler braten in zwei Pfannen am Herd, es wird ausgegeben, abgeholt, geschluckt, gelobt und wieder geholt. Es schmeckt.

Fee Vrohn stolpert herein, schwankt, steuert grußlos nach oben in ihr Zimmer.

Banjo, kreischt Rotraut Spindler von unten, heute machen wir Banjo, russische Sauna ohne Birkenzweige, dafür mit Wodka! Fünf Frauen, versteckt unter Badetüchern, über den Brüsten fest zugeknotet, klappern hintereinander die Wendeltreppe hinunter. Unten empfängt Rotraut Spindler nackt. Ich gucke rasch weg und denke über das Wort nackt nach. Denke, dass es bei Rotraut Spindler nicht passt, nackt ist ein Wort für Schlanke. Rotraut Spindlers Fett ist kein kerniges Fett, es ist Sahnetorte- und Pommesfritesfett, die beiden Busen baumeln als traurige Gurken, ihre Enden verschwinden rechts und links in den Taillenschwarten. Rotrauts Vorderfront ist plissiertes Fett in regelmäßigen Abständen, der Bauchnabel ein tiefer Krater. Rotraut Spindler, da steht sie, präsentiert sich und sechs mit Wodka gefüllte Schnapsgläser, bedeckt mit Zitronenscheiben, bestäubt mit Kaffeepulver auf einem Tablett. Wir stehen im Halbkreis, nehmen die Gläser und trinken. Ex. Luise-Marie Teesenberg sagt: Ich gehe mit einem Busen in die Sauna, dafür brauch ich zwei Wodka.

Wir leeren die Flasche. Die erste, die ihr Badetuch aufknotet und fallen lässt, ist Helga Sperber. Ute Friebel, Moni Hille, Luise-Marie Teesenberg folgen, ich zuletzt. Wir nehmen unsere Handtücher und setzen uns aufs Sofa, eine zweite Flasche Wodka gerät auf den Tisch. Moni Hille hat Krebs, aber noch beide Brüste, Helga Sperber, die Kleinste von uns, hat den längsten Busen, noch länger als Rotraut Spindlers Gurken, und zwar dünn, Schnürsenkel. Meine Brüste stehen noch; Ute Friebels Muschi ist rasiert. Gott sei Dank, die ersten vier gehen in die Sauna, Gott sei Dank. Der Whirlpool startet, zurück bleiben Luise-Marie Teesenberg und ich, beide nehmen wir die Handtücher und bedecken unsere Blöße. Die Beine von Luise-Marie Teesenberg sind wohlgeformt, muskulös, schmale Fesseln. Schöner als meine. Wir schweigen.

Ein lang gezogener Quietschschrei von Moni Hille, Aufbruch in die Sauna.

Rotraut Spindler liegt mit roten Schwimmflügeln im Blasen blubbernden Whirlpool, wir sind Zoobesucher vor einem Pinguinbecken, und in dem Pinguinbecken sitzt eine Hirschkuh mit roten Flügeln. Ich glaube, ich brauche noch einen Wodka.

Luise-Marie Teesenberg verschwindet und erscheint mit einem Fotoapparat wieder, steigt auf den Whirlpoolrand, von dort noch höher auf einen Schrank, immerhin, sie ist Brückenbauerin, die eine Hand umklammert den Fotoapparat, na ja, aber sie ist ja große Höhen gewohnt, die andere Hand stützt sich auf Helga Sperber, die auf dem Wannenrand sitzt. Haben wir die Wodkaflasche eigentlich oben gelassen? Helga Sperber muss sich jetzt erheben, sich dagegen stemmen, Statik ist das, Luise-Marie Teesenberg hat nun mit dem linken Fuß den Schrank erreicht, links nachtreten, Helga, ruft Marie-Luise Teesenberg, hat sie nicht an der Valentinsbrücke in Worms mitgebaut, links jetzt noch mehr nachtreten, ruft sie nochmals, dabei rammt Helga Sperber aber die rechte Pobacke von Ute Friebel, die auf dem Beckenrand sitzt, Helga Sperber kippelt, versucht zu balancieren, fällt, Helga Sperber fällt auf Rotraut Spindler, und Luise-Marie Teesenberg plus Schrank stürzen auf Helga Sperber und Rotraut Spindler ins Becken hinein.

Stille.

Wenn ich die Schwimmflügel nicht gehabt hätte, wär mein Gesicht jetzt Matsche, sagt Rotraut Spindler.

Die Wodkaflasche war in der Toilette. Jetzt kreist sie. Wir sitzen alle im Pool. Hurra!

Rotraut Spindler spricht zuerst: Wisst ihr, Mädels, das ist jetzt wie damals nach den Bomben in Leipzig, nach der Angst kam die Belohnung. Meine Oma machte zwei Eimer Wasser für unsere Zinkwanne heiß, da durften wir dann rein, Lothar und Gesine von nebenan und ich, und danach durften wir alle im Doppelbett schlafen; die Oma schlief für uns auf dem Sofa.

Sofa, sage ich, lasst uns im Wohnzimmer die Rettung feiern. Auf dem Sofa.

Rügener Sanddorngeist, Wodka, Bier, Kekse, Prosecco, Pralinen, Nüsse, Wein, Zigaretten. Alle sitzen in Tücher und Bademäntel gehüllt, rosig, dampfend, schwitzend. Das Krakeelen beginnt bei den Ossis, wir Wessis glotzen vor uns hin. Spüre nur ich Unglaubliches, ahne nur ich Sturm?

Rotraut Spindler plantscht weiter in Erinnerungen an ihre Leipziger Bombennächte, Moni Hille ribbelt Gestricktes auf, ich probiere einen Schluck

Rügener Sanddorngeist und dann noch zwei, Moni Hille zieht weinerlich den Faden und beschreibt das Spinnrad ihrer Mutter, Luise-Marie Teesenberg sagt immer wieder das Wort Winnipeg, keiner fragt sie, warum, Helga Sperber schluchzt auf, vor vier Wochen musste ich Nixe einschläfern lassen, und schluchzt, Nixe war kein Dackel, Nixe war ein Mensch. Ute Friebel kichert, Mädels, ich habe mich auf meine alten Tage verliebt, und wisst ihr, wo ich mich verliebt habe, das ahnt ihr mir ja nicht, im Kindergarten! Ein Opa holt seinen Enkel ab, ich, die Oma, meine Enkelin, Augen auf, Mund auf, Knie weich; rums hat's gemacht, Mädels, ich gesteh's euch, ich hatte mit Hartmut meinen ersten Orgasmus. Opi und Oma.

Keine von uns reagiert.

Doch, ich. Ich reagiere, und zwar, ich sitze auf einem Kissen, nehme das Kissen und stecke es mir unter den Bademantel. Jetzt bin ich schwanger. Ich will aufstehen, taumle, Rotraut Spindler murmelt, Mensch, Liese, setz dich doch wieder hin, du bist doch schwanger. Ich presse meine Hände auf meinen Kissenbauch und schreie, das ist meins! Ich stehe auf, das Kissen klatscht auf den Boden.

Tot.

Ostberlin, sage ich, 10. November 73, Süßwarenmesse, ich, Einkäuferin von Fahlberg-List, lerne Dieter kennen, Dieter Frantzen aus Bochum, wir verlieben uns, ich werde schwanger, Dieter trifft sich mit der Schwester meines Vaters, Tante Liselotte, in Düsseldorf, Kontakt mit Fluchthelfern, präpariertes Auto, ich im ersten Monat, Grenzübergang Marienborn, wir fliegen auf, zwei Monate bei der Stasi in Berlin, Verhöre, Verhöre, Verhandlung, Urteil vier Jahre, nach Haltenberg und –

Bei dem Wort »und« kann ich nicht mehr weiter, ich versuche es, das Wort »und« hält mich fest. Ich setze mich wieder hin, sehe jedes einzelne Gesicht, Schweiß läuft durch ihre Falten, sie glänzen, Rotraut Spindler, Moni Hille, Luise-Marie Teesenberg, Ute Friebel, Helga Sperber. Sie rühren mich. Ich lächle und spreche zu Ende: Auf dem Weg zum Frauengefängnis Haltenberg, am 24. März 1974, hatte ich im dritten Monat eine Fehlgeburt, ich habe mein Kind verloren.

Schweigen. Ruhe. Wohltuend.

Eine Tür knallt, wir zucken zusammen, Fee Vrohn taumelt die Wendeltreppe hinunter, stumm, steuert die Sauna an, eine andere Tür knallt.

Voll wie ein Eimer, sagt Ute Friebel, auch sie! Start des Whirlpools. Ich fange an zu frieren.

Fee Vrohn, fängt Helga Sperber an, wollte uns doch massieren, ach dieses ganze Wellness, wisst ihr, Massagen, das boomt jetzt, logo, in jedem Hotel, glaubt mir, das ist wie Honig, drum boomt's, Honig lockt Bienen an, uns, wir sind die Bienen, sexlose Bienen, Bienen, die berührt werden wollen. Doll. Dolles Marketing!

Ich guck jetzt mal, was Fee da drinnen macht, sagt Moni Hille und geht rüber.

Ein Schrei: Fee ist ertrunken!

Wir springen, verkeilen uns in der Tür, quetschen uns durch. Fee Vrohn liegt im Whirlpool, Moni Hille hat sie an den Schultern gepackt und zieht an ihr, wir wollen auch ziehen, jede schreit was, eine, Liese, ruf die Rettung an, Nummer steht beim Fernseher. Ich schreie in den Hörer, lege auf, Fee Vrohn liegt noch immer da, ich kann sie nicht sehen, die anderen sind über ihr, hantieren an ihrem Körper, ich gehe vor die Tür, wieder hinein, wieder vor die Tür, endlich, Blaulicht, Sirene, ich winke, drei orange Männer mit Bahre im Laufschritt, ich rühr mich nicht, schaue nicht hin, warte, dann die Bahre wieder, im Laufschritt vorbei, drauf die festgeschnallte Fee Vrohn, Augen geschlossen, Luise-Marie Teesenberg hinter den Männern, ich fahre hinterher, ich rufe euch an.

Angst ist da, Fahrigkeit, immer wieder die gleichen Sätze: Glaubst du, sie schafft es? Hat sie geatmet? Kam Wasser aus ihr raus? Hat sie Bluthochdruck?

Warten. Fünf Handys liegen auf dem Tisch. Die Angst wird mehr, bei jeder von uns wird die Angst mehr, weil, es ist etwas passiert, und bei jeder von uns taucht alte Angst auf, setzt sich wieder fest, fängt an zu kleben. Die Knie von Moni Hille, die aneinanderklatschen, die Unterlippe von Rotraut Spindler, die nach links und rechts zuckt, das Klirren der Gläser, die von Helga Sperber immer wieder abgespült werden, mein Weinen. Niemand sonst weint, mein Weinen, das ist meine große, alte Angst. Es ist zwei Uhr nachts.

Fünf Handys liegen auf dem Tisch. Eines von fünf Handys klingelt. Einmal, zweimal, dreimal. Keine geht ran. Viermal, fünfmal, ich schreie, hebt doch ab, weiter klingelt's, endlich, Moni Hille hebt ab, jede steht, wo sie steht, jede sitzt, wo sie sitzt, keine bewegt sich. Fünf Frauen, eine Fotografie.

Was? Ja? Wie? Ach? Nein. Nicht. Okay.

Moni Hille spricht: Fee Vrohn lebt. 3,4 Promille, schläft ihren Rausch aus, muss mindestens zwei Tage im Krankenhaus in Bergen bleiben, Luise-Marie fährt jetzt zu uns zurück.

Die anderen gehen stumm hintereinander zu ihren Betten hinauf; weil ich höflich bin, bleibe ich unten und warte ich auf Luise-Marie Teesenberg.

Zünde ich den Kamin an? Er bollerte jeden Abend und wärmte. Zünde ich ihn an? Ich höre die Sprüche von Fee Vrohn: Kamin ist Luxus, Rolls-Royce fürs Haus, euch ist das, claro, fremd, ihr kennt Kamin nur vom Kino. Der Kamin ist mein Job, sagte Fee Vrohn. Nur sie machte den Kamin an; doch ich arme Liese probier es jetzt auch und zünde ihn an, es ist drei Uhr morgens vorbei. Neben dem Kamin steht Fee Vrohns Golftasche, mein Bag, sagte sie, mein Golf-Sack. Mädels, erklärte sie, das ist ein Putter, das ist ein Eisen Sieben, und, sehr wichtig, das ist ein Sandwetch, und das, die Königin des Abschlags, ein Driver. Dicke Berta. Das Feuer lodert, es prasselt, ich muss warten, ich muss mich ablenken, ich will die Dicke Berta aus der Golftasche ziehen und entdecke unter dem Griff eines jeden Schlägers die schmale weiße Banderole, auf der steht: Dr. Regine Lohmann, Langer Wolf 37, 20150 Hamburg.

Ein großer Kiefernzweig mit Nadeln war beim Brennholz dabei gewesen, es duftet aus dem Kamin, es ist Juni, und es riecht nach Weihnachten. Ich zünde die einzige dicke, weiße Kerze an, nun weihnachtet es noch mehr.

Ich bin im Frauengefängnis Haltenberg, es ist der 24. Dezember 1974, ich sitze in Raum 2.12 b, dem kleinen Aufenthaltsraum der Wachmannschaften. Ein viereckiger Holztisch, an die Wand geschoben, drei passende Stühle, der vierte steht neben der Tür. Auf dem Tisch ein schwarzes Telefon, über dem Tisch eine schwarz-weiße Bahnhofsuhr. Eine mit braunem Velourleder bezogene Liege, am Kopfende darauf ein rundes Kissen aus verschlissenem Samt, die Vorderseite bedruckt mit einem Eisbären in Drohhaltung, am Fußende eine braune Filzdecke. Neben der Liege eine selbstgezimmerte helle Holzkiste, auf ihr ein weißer, mit grünen Tannenzweigen bedruckter Pappteller, gefüllt mit Nüssen und Keksen. Ein kleines vergittertes Fenster, dessen Gardinen aus Plaste rechts und links abgerissen herunterhängen. Ich kann das Zimmer malen, ich war eine Viertelstunde allein in ihm.

Vom 26. April 1974 bis 30. November 1974 saß ich in der Zelle 312, der Achterzelle, der Folterzelle, der Hammerzelle. Der 1. Dezember 1974 war mein Tag der Befreiung. Ich hatte meine Seele dem Oberleutnant Schremm verkauft, einem kurzbeinigen plumpen Käfer mit rotem Kopf, Glatze mit Tonsur, immer, auch im Sommer mit weißem Unterleibchen, immer die Anzugjacke um eine Nummer zu klein, immer mit gepflegten Händen, schönen Händen. Ich hatte meine Seele dem Teufel verkauft. Sein Fingertrommeln auf meinen Akten. Schöne Finger, die Böses herbeitrommelten. Nach sieben Monaten und sieben Tagen versprach ich zu spionieren. Mein Lohn die Viererzelle 215, zusammen mit Heike Hugolz, Bettina Petritsch, Christiane Binder.

Heike Hugolz war 1973 in der zwölften Klasse der Johannes-R.-Becher-Oberschule in Leuna, wo in Staatsbürgerkunde die Widerstandskämpfer der Nazis Hans und Sophie Scholl durchgenommen wurden, deren Flugblätterwurf in der Münchner Universität zu ihrer Hinrichtung führte. Heike Hugolz besorgte sich aus dem Westen ein Flugblatt von Sophie Scholl, ersetzte »Nazideutschland« und »Naziherrschaft« mit »DDR-Diktatur« und »Staatssicherheits-Willkür«, ergänzte es mit dem Satz »Sophie Scholl ist umsonst gestorben«, vervielfältigte es und verteilte es in der Johannes-R.-Becher-Oberschule. Fünf Jahre Haft im Frauengefängnis Haltenberg.

Bettina Petritsch war 1972 in Berlin am Grenzübergang Friedrichstraße mit einem gefälschten Passierschein erwischt worden. Vier Jahre Haft im Frauengefängnis Haltenberg.

Christiane Binder gehörte zur Klasse der Intelligenz, und wer dazugehörte, dem ging es richtig gut, der durfte sogar auf dem Luxusliner *Freundschaft* Schiffreisen zu den sozialistischen Bruderländern unternehmen. Frau Dr. Christiane Binder, eine gut verdienende Tierärztin, Schwerpunkt Stalltiere, Privatpraxis, ein Reitpferd. Auf so einer Schiffreise nach Varna wählte sich die lebenslustige, vierzigjährige, alleinstehende, muskulöse Dr. Christiane Binder einen ebenfalls stattlichen Posaunisten der Dresdner Staatskapelle als gelegentlichen diskreten Bettgenossen.

Zu DDR-Zeiten gab es im DDR-Fernsehen eine regelmäßige für den Westen bestimmte Sendung, »Der Schwarze Kanal« von und mit Karl-Eduard von Schnitzler, der in perfekter Polemik Giftwasserfälle gegen die Bundesrepublik formulierte. Auch er gehörte zur Klasse der Intelligenz, und er war nicht nur bei den meisten Mitintelligenzlern, sondern bei Vielen unter der Arbeiterklasse ein bestgehasster Mann. Eines Abends, Christiane Binder und der Posaunist saßen bei Kerzenschein im überfüllten Dancing, hatten reichlich Krimsekt getrunken und mit Wodka nachgelegt, tauchte an der Bar ein schwarz-grauer Mann mit Kinnbart auf und bestellte Pilsner Urquell – Karl-Eduard von Schnitzler! Darüber waren sich die Tierärztin und der Posaunist sofort einig und auch darüber, dass der unbedingt eine Abreibung verdiente. Der Posaunist stand auf und ging weg, Frau Dr. Binder saß nun allein dort. Nach einer Weile trafen sich die Augen von Frau Dr. Binder mit denen Karl-Eduard von Schnitzlers, und wieder nach einer Weile, auch Frau Dr. Binder war nun gegangen, übergab der Barkeeper dem Mann Karl-Eduard von Schnitzler einen mit Lippenstift beschrifteten Zettel. Er enthielt die Einladung, um 23 Uhr 30 auf Deck A zu erscheinen.

Karl-Eduard von Schnitzler betrat das Deck A, hinter einem Rettungsboot stand der Posaunist zur Hilfe bereit, und bald danach war Karl-Eduard von Schnitzler, obwohl er sich heftig wehrte, richtig zusammengeschlagen; Tritte in die Geschlechtsteile, Rippenbrüche und so weiter, seine Verletzungen waren so schwer, dass der nächste Hafen angelaufen werden musste.

Der Schwerverletzte war ein sechzigjähriger Gefäßchirurg aus Magdeburg, er hieß Winfried Hagemann und seine Ähnlichkeit mit Karl-Eduard von Schnitzler, bemerkte der ermittelnde Erste Offizier, ein Mitglied des Ministeriums für Staatssicherheit, wäre total irre. Christiane wurde rasch als Täterin überführt, die zweite Person, vermutlich ein Helfershelfer, konnte nicht ermittelt werden. Christiane Binder: Fünf Jahre Haft im Frauengefängnis Haltenberg.

Und ich, Liese Spahn? Ich betrete die Zelle 215, und zum ersten Mal fühle ich Scham und Glück gleichzeitig. Ich will tanzen; es geht nicht.

Noch hatte ich Ruhe, nicht weil Vorweihnachtszeit war, sondern weil erst »kaltes Annähern« kam, die erste Phase.

Dann, Heiligabend: 16:00 Langes Duschen und Haarwäsche; 17:00 Kaffee und Streuselkuchen, Großer Saal; 17:45 Kino, Großer Saal, *Das Wunder von Aue*; 19:20 Bockwurst mit Kartoffelsalat; 20:30 Zellenrückgang. Der Held des Filmes hieß Heinz, beim Anblick des Streuselkuchens dachte ich an meine Eltern. Mein Vater war 1973 gestorben, meine Mutter lebte weiter in Elversberg, verzweifelt. Sie hatte einen Ausreiseantrag zur Schwester meines Vaters nach Düsseldorf gestellt. Weil ich dir vom Westen aus besser helfen kann, sagte sie. Ich sah den Streuselkuchen und dachte an den Spahn'schen Baumkuchen, dachte an die Eclairs und weinte mal wieder. Auf dem Teller mit der Bockwurst lag unter dem Plastikbesteck ein Papierröllchen: *Erwarte Dich 20 Uhr, kl. Aufenthaltsraum 2.12b, H. Schott.*

Helga Schott, Stockfisch. Sie war zu mir gut geworden, sie hatte viel riskiert für mich, sie hatte mich zweimal vor den Qualen der Hammer-Gruppe gerettet. Ja, ich werde dort hingehen, Raum 2.12b.

Nach einer Viertelstunde ging die Tür auf, Stockfisch in einem dunkelblauen Taftkleid mit weißem Pikeekragen, in der rechten Hand ein Kehrblech mit einer Kerze und einem Tannenzweig, unter dem Arm ein Buch, kam herein, sprach nicht, setzte sich, zündete die Kerze an, hielt den Zweig in die Flamme, es knisterte, es zischte, spuckte, duftete. Sie schob den Pappteller mit den Keksen, der schon auf der Kiste stand, näher und legte das Buch vor sich auf den Tisch. Ich versuchte den Titel zu entziffern, das Buch lag verkehrt zu mir, auf dem Deckel war eine Palme, die sich ins Meer bog, an einem Speer, den ein halbnackter Mann mit langen Haaren in die Luft streckte, zappelte ein Fisch, und auf einem Felsen stand ein schwarzer Mann und grinste. Nun hatte ich die weiße Schrift entziffert: Daniel Defoe, *Robinson Crusoe*.

Sie fing an zu lesen, nicht von vorne las sie vor, sie las das Kapitel *»Freitag – Neue Lebensweise«*, die erste Begegnung Robinsons mit Freitag, wie Robinson ihn rettete, wie sie einander vorsichtig näher kamen und wie Freitag Englisch lernte. Ich kannte die Geschichte gut, hatte sie genau drei Mal gelesen. Stockfisch las monoton, die Geschichte plätscherte gleichmäßig aus ihr heraus:

»Ohne Launen, ohne Eigensinn, ohne Vorbehalt war er mir gänzlich ergeben, und seine Neigung zu mir war die eines Kindes gegen seinen Vater. Ich wage zu behaupten, dass er sein Leben aufgeopfert hätte, um das meinige zu retten, wenn sich die Gelegenheit dazu dargeboten hätte. Ich hatte eine große Freude an ihm, ich machte mir ein Geschäft daraus, ihn zu unterrichten und anzuweisen, wie er brauchbar, geschickt und fleißig werde, hauptsächlich aber, wie er mit mir sprechen und mich verstehen könnte, und ich fand an ihm den besten Schüler, den es je gegeben hat. Dieses Jahr war das angenehmste, welches ich auf der Insel zugebracht habe … Eines Tages bekam ich Lust zu erfahren, ob er kein Verlangen habe, in seine Heimat zurückzukehren.«

Helga Schott. Da sitzt sie vor mir. Fremd. Sie kommt von wo? Von irgendwoher. Sie liest, es plätschert, bei jedem Umblättern raschelt der Taft ihres Kleides. Ich starre sie an und bin froh, dass ich nicht sprechen muss. Ist das die Frau, die mir vor acht Monaten mit ihrem Stiefel auf die Hand getreten hatte? Ist das die Frau, die beim Hofgang mit ihrem Stock meine Finger schlug? Ist das die Frau, die sich an einem bestimmten Tag entschloss, zu mir gut zu sein? Ich will es nicht wissen, von ihr will ich nichts wissen. Ich werde ein kluges Rotkäppchen sein, ich werde dem Wolf keine Fragen stellen.

Stockfisch stoppt. Guckt mich an, klappt das Buch zu, steht auf, ich folge ihr, sie gibt mir die

Hand. Zum Abschied sagt sie: Ich Robinson, du Freitag!

Sie hebt den Hörer ab, sagt hinein, kommst du? Lockend, leicht gezittert. Nach diesem »Kommst du« fürchte ich, ein zweites Taftkleid-Christkind kommt jetzt. Meine Augen weiten sich, mein Mund steht offen, mein Magen kneift, zum ersten Mal empfinde ich Ekel an einem Heiligen Abend. Ich schwitze, die Tür knallt auf, Gott sei Dank, eine Unterwachtmeisterin, die ich nicht kenne, meldet sich. Klein, Herrenschnitt, dünnes, hellblond gefärbtes Haar, leicht glatzig, vierzig, ein Terrier im Tierheim, der den ganzen Tag durch die Stäbe schaut und jetzt Ausgang hat. Zellenschlüsselübergabe von Stockfisch an den Terrier, kurzes Nicken. Wir gehen aus der Tür, Stockfisch nach rechts, der Terrier und ich nach links den langen Flur entlang bis zur Treppe, die Treppe hinunter, ich sehe das alte metallene Treppengeländer mit seinen geschwungenen Bögen, die in Rosetten münden, täglich hab ich's gesehen, das Geländer, erst heute sehe ich, wie schön es ist, viel zu schön für ein Gefängnis-Treppengeländer. Nun das Ganze noch mal, links den langen Flur entlang bis zur Treppe, dann einen Stock tiefer, die neue Zelle, meine neue Zelle ist im ersten Stock.

Vor der zweiten Treppe ein Schlag in meinen Magen, kurz kann ich noch stehen, ich sehe Hammer mit Gefolge, höre noch den Satz, »Stockfischs

Engel wird ausgetreten …«. Mein Kopf, ich muss jetzt meinen Kopf schützen, ich schaffe es nur mit einem Arm, die Hand vom anderen Arm ist umklammert, heiß, es wird heiß, meine Nägel, ich schreie, sie stecken einen Strumpf in meinen Mund, ich schreie weiter, meine Nägel, sie brennen meine Nägel an. Viele Schuhe in meine Rippen, ich falle, Tritte gegen meinen Busen, die Beine werden gespreizt, der Schlüpfer, der Schlüpfer wird zerrissen, etwas schiebt sich in meine Vagina, ich höre, »Den Engel für dein Loch hab ich selber gebacken …«, eine Schleife quälen sie mir ins Haar und singen das Weihnachtslied: Morgen, Stockfisch, wird's was geben, morgen werden wir uns freuen. Dazwischen Getrampel, ein Wasserfall, ich öffne die Augen, dann wieder Wasser über mich. Ein silbrig glänzendes Meer mit fliegenden Fischen hüllt mich ein. Dann nichts.

3 Rippenbrüche, 4 Muskelrisse, Schlüsselbeinbruch links, Verbrennungen 3. Grades an den Fingerkuppen 2 bis 5, links.

Auf der Krankenstation bin ich manchmal aufgewacht, ein Wetterleuchten ohne genaue Erinnerungen, Schmerzen überall, umdrehen, Bettpfanne, Kopf heben, Marter; viele Wochen, viele Schmerzen, viele Tränen, viele Fragen. Stockfisch sitzt oft an meinem Bett, einmal, ganz am Anfang, wieder mit dem »Robinson Crusoe«. Ich lege meine linke, verbundene Hand auf das aufgeschlagene Buch und sage: Nicht. Ab da kommt sie ohne Buch, spricht nicht, schaut nur, eine Laterne ohne Kerze.

Es ist nun Mitte Januar, laufen ist noch nicht, ich habe einen Rollstuhl. Ist es Nacht? Ist es früher Morgen? Ich weiß es nicht.

Ich werde geweckt. Stockfisch. Sie hebt mich in den Rollstuhl, schiebt mich zum großen Warenaufzug, sechs Stockwerke tief runter zum Heizungskeller. Da war ich noch nie. Es ist angenehm warm hier, gewölbte Decken. Vorbei an Kohlehaufen und Heizkesseln. Eine Tür. Auf die Tür, mit dem Rollstuhl über die Schwelle, zu die Tür. Ein großer Raum, auch hier angenehme Wärme.

Zweihundert, vierhundert Wäscheleinen? Voller Bettwäsche alle; ein blaues Wäscheleinen-Dorf mit Hauptstraße und Nebengassen, und in ihm geht's jetzt entlang. Hauptstraße, dann dritte rechts, zweite links, Stockfisch stoppt mich, verlässt den Rollstuhl, stellt sich neben ein Bettlaken, schiebt es zur Seite, ein Vorhang geht auf: Hammer. Hammer ist hier aufgehängt. In ihrer rechten Hand klemmt ein Papier, unter ihr ist ein Kohleeimer. Umgekippt. Hammer ist tot. Stockfisch kommt mit dem Blick, na, was du sehen solltest, hast du gesehen, zurück zu mir, dreht mich um, und wir rollen den gleichen Weg zurück, ohne jemandem zu begegnen. Stockfisch legt mich zurück ins Bett, steht vor mir und sagt: Ich Robinson, du Freitag.

Ich bin wie tot, meine Beine liegen steif nebeneinander, die Augen sind zu; wenn mich jetzt jemand nach meinem Namen fragen würde, müsste ich nachdenken. Fragen, so viele Fragen. Bin ich Zuschauer? Bin ich Opfer? Gehasst? Vielleicht sogar geliebt? Ich werde gequält und weiß nicht, warum, ich werde gerettet und weiß nicht, warum.

Ein Protokoll. Ich muss ein Protokoll unterschreiben. Die Unterwachtmeisterin, der Terrier, die Unterwachtmeisterin Inge Wegbreeker, die mich am 24.12. in meine Zelle führen sollte, wurde bei dem Überfall von zwei Strafgefangenen entwaffnet und mit der eigenen Pistole bedroht. Das muss ich unterschreiben und habe nichts davon gesehen. Irgendwann werde ich schmerzfrei sein, kein Zusammenzucken nach jedem Schritt wird mehr sein, keine Blicke, die kleben bleiben, keine vor Angst angepinkelte Hose, ab jetzt kommt Paradies. Paradies im Gefängnis?

2. Februar 1975. Entlassung aus der Krankenstation.

Am 5. Februar werde ich zu Oberleutnant Schremm gebracht. Heike Hugolz, fünf Jahre Haft, ein Jahr abgesessen, trotz intensiver Befragung durch Oberleutnant Schremm nach den Hintergründen der Flugblattverteilung gibt es bisher kein Resultat.

Sie sind, sagt Oberleutnant Schremm, ein kaputtes Individuum, so was löst Vertrauen aus, dieser

Umstand wird Ihnen bei der Lösung Ihrer Aufgabe hilfreich sein. Diese lautet, Erfragung, wer waren der oder die möglichen Mittäter von Heike Hugolz. Erstens, Udo Schäfer, damals ihr Freund, jetzt Student an der Hochschule für Architektur Weimar? Zweitens, Dr. Eduard Pehlke, Lektor Verlag Junges Volk, Berlin, Onkel der Strafgefangenen? Beide stehen bei dürftiger Beweislage unter dringendem Tatverdacht, an der Flugblattverteilung in Leuna beteiligt gewesen zu sein. Drittens andere Personen?

Oberleutnant Schremm: Ohne Erfolg müssten Sie zurück in die Achterzelle. Für das Suizidopfer Roswitha Kindermann, genannt der Hammer, sagt Oberleutnant Schremm, haben wir bereits Ersatz. Astrid Metz, genannt die Nadel. Noch Fragen?

Nein.

Heike Hugolz war gut zu mir. Sie hat mich bedauert, sie hat mich gestreichelt, sie hat mich getröstet. Ich habe von ihr alles erfahren, was Oberleutnant Schremm wissen wollte. Udo Schäfer, der Freund, hatte mit der Sache nichts zu tun, Heikes Onkel, Dr. Eduard Pehlke, hatte die Flugblätter im Verlag Junges Volk kopiert, der Grafiker Rainer Bayerke hatte sie gezeichnet. Ich habe sie dann alle der Stasi genannt, ich hatte zu große Angst. Im April 1975 werde ich entlassen. Im August 1979 werde ich freigekauft. Mutti hatte das geschafft. Ich bin eine freigekaufte, frei überlebende Frau. Mit der alten Angst. Die Angst hat überlebt.

Die Tür fliegt auf, Luise-Marie Teesenberg rauscht herein: Mensch, Mensch, Mensch, ich war ja besoffen, Fee hat mich wieder nüchtern gemacht, Mensch, Mensch, Mensch, jetzt freu ich mich aber auf mein Bett. Alles okay! Das erste Wort beim Aufstoßen der Haustür, alles okay, beim Schließen ihrer Zimmertür. Kein Dankeschön, kein Michangucken, kein nettes Wort; einfach Tür zu. Ich bin wieder allein.

Der Rollstuhl, der Rollstuhl! Ich habe drei Mal den Rollstuhl gesehen. Durch das kleine Fenster im Zeitungskiosk; auf dem Strandweg, hab ihn fast umgestoßen und ein drittes Mal im winzigen Garten. Kommt der Rollstuhl ein viertes Mal? Ja, ich stehe vor ihm, drin sitzt der Hammer, alt, erkennt mich, spricht mich an: Du bekloppte, naive, doofe Liese Spahn! Tot jestellt ha ick mich! Totjelacht ha ick mich, wie Stockfisch dich nach meinem jehängten Anblick mit dem Rollstuhl aus dem Wäschekeller jefahrn hat, und du Kuh bist drauf reinjefallen. Siehste, ick lebe. Zwei Jahre habense mir geschenkt fürs Mitspielen, von wejen jeschenkt, weeste, so einfach war det alles ooch nich, Stockfisch und ich mussten fleißig üben vorher, nur wir beede, Jeheimhaltung, strengste Jeheimhaltung, Mensch, Liese Spahn, jetzt guckste jenau so dämlich wie damals. Also, um die Brust rum hatte ich ’n breites Band, vasteehste, an dem hing ich, der Strick um’m Hals, det war nur für dich, durftest mich ja nur von vorne sehen, weeste, das hat weh jetan, das Hängen, det hat sauweh jetan, aber das Schlimmste war deine aufjerissenen Fresse und nicht lachen dürfen. Liese Spahn, jetzt musst du dich wehren! Sie sitzt im Rollstuhl, ich kann laufen, mit ihr laufen, breitbeinig stehe ich vor ihr in der Hocke, stoße ihre beiden Arme von den Lehnen, ihr Kopf an meinem Kopf. Anzeigen! Ich werde dich anzeigen, du überflüssiges Schwein, du gemeines, jetzt zeige ich dich an, heute kann ich dich anzeigen. Hammer hebt das rechte Bein, es trifft meinen Bauch, ich liege im Dreck, rapple mich auf, sichere nach allen Richtungen, niemand da, nun bin ich hinter dem Rollstuhl, meine Hände packen zu, ich renne los Richtung Strandweg, schnell, noch schneller, Hammer brüllt, schlägt mit den Armen um sich, Leute bleiben stehen, ich renne weiter, Hammer schlägt nach hinten, auf meine Arme, ein Schmerz, der tut gut, der Strand kommt näher, Sand, das ist nicht gut, nein, doch gut, weil da liegen Bretter, eine Schiene für die Boote, die muss ich treffen mit dem Rollstuhl, bin drauf, ja, bin jetzt drauf, jetzt rollt es schneller, bergab, das Wasser, ich muss bis zum Wasser kommen, ja, das klappt, das Wasser spritzt zur Seite –

Aufhören! Schluss! Ich sitze schweißüberströmt vor dem Kamin, ich habe Hammer in die Ostsee gestoßen.

Warum nicht? Dreimal habe ich sie hier gesehen. War sie's? War sie's nicht? Alles könnte so geschehen sein, alles könnte noch so passieren. Das Wasser ist ja da. Ich auch.

Das Feuer ist aus, ich friere, ich gehe die Wendeltreppe hinauf in mein Zimmer zu der schnarchenden Moni Hille. Übermorgen ist unser letzter Tag: Ausflug zum Königsstuhl, zu den Kreidefelsen. Mit oder ohne Fee Vrohn.

8

Spitze Schreie, Unruhe, scheppernde Geräusche, ich springe aus dem Bett, Feuer, natürlich Feuer, ich hatte gestern Nacht den Kamin angezündet, nicht aufgepasst, bin ins Bett, mein Gott, Fee Vrohn, ich öffne die Zimmertür, höre meinen Namen, höre, Liese, Frühstück. Also kein Feuer, keine neue Katastrophe. Lächelnd drehe ich die Wendeltreppe hinunter. Auf dem Frühstückstisch stehen wie jeden Morgen sieben Marmeladegläser mit von sieben Frauen stolz selbst gemachten Marmeladen. Ich höre Fee Vrohn, wie sie am ersten Tag sagte: Die Marmelade, die zuerst alle ist, das ist die leckerste. Von diesem ersten Tag an aßen sieben Frauen fleißig ihre eigenen Marmeladengläser leer. Heute geht es nicht um Marmeladen, es geht um Namen.

Rotraut Spindler kleckst sich mit einem Suppenlöffel einen roten Haufen ihrer Brombeermarmelade auf den Teller, zieht den Löffel durch den Mund und zischt den Namen »Fee« heraus. Felicitas! Fee! Ich habe noch nie von einer Fee gehört, die so bösartig ist wie unsere. Jetzt nennt sie sich Piva, nach ihrem argentinischen zweiten Mann, Fee Piva, also ehrlich, Mädels, der Name klingt nicht nach Tango, der klingt nach Weichspüler.

Namen. Namen.

Luise-Marie, erinnerst du dich, dich haben wir eine Zeit lang Luma genannt, da ist bald Lama draus geworden. Ach ja, Lama, das warn noch Zeiten. Luise-Marie Teesenberg, Schluss jetzt, Rothaut!

Liese, jetzt bin ich dran, fragt mich Ute Friebel, sag mal, wieso haben dir deine Eltern das angetan, »Liese«, so nennt man Kühe. Ich werde wütend. Mein Mund ist voll Milchkaffee, ich schlucke runter und bin wie immer höflich.

Der Vater meiner Mutter, sag ich, mein Großvater Heinrich Pape, war aus Hütten und musste dort früh von seinem Vater den Bauernhof übernehmen; er konnte wunderbar zeichnen und hatte eigentlich Kunstmaler werden wollen. Er war verzweifelt. Eines Nachts musste er in den Stall, bei einer Kuh war es so weit, und er holte das Kälbchen. Beim Abwischen mit Stroh sah das Kälbchen meinen Großvater mit großen dunklen, runden Augen an, mein Großvater saugte sich an diesen Augen fest, und es war um ihn geschehen. Wirkliche Liebe auf den ersten Blick. Dem Kalb gab er den Namen Liese. Liese wurde jeden Tag gestriegelt, mein Großvater sprach mit niemandem so gern wie mit ihr. Als Liese Kuh geworden war, bekam sie ein Geschirr, wurde an eine Zweiradchaise angespannt, Großvater Heinrich stieg ein und fuhr mit ihr spazieren. Und immer wieder ging er mit ihr auf die Bachwiese und malte Liese. Er stellte im Dorf aus, an Hauswänden, an Gestellen, an Bäumen, an Laternen; Liese traurig, Liese fröhlich, liegend, mit Blumen bekränzt, Porträts mit den großen, schmelzenden, vor Liebe glühenden Augen. Die Hüttener fanden es lustig, man sprach jetzt von Hütten. Alles ging gut, bis sie kam: Eine kräftige große Blonde mit langen Beinen, kleinen kräftigen Brüsten und prallen Oberschenkeln, Emilie. Mein Großvater fing an, Emilie noch mehr zu lieben als Liese.

Ja, ich habe meinen Namen von der Kuh Liese, sagte ich. Fee Vrohn meinte einmal, ich hätte Kuhaugen.

Kichern. Aber Moni Hille ist entzückt, ach, Liese, das war jetzt so schön wie ein Märchen, da könnte ich noch lange zuhören!

Weißt du noch, Moni, dich nannten wir Hillepille!

Und du warst damals nicht Helga Sperber, Helga Piep warst du! Piep, ach, mein Gott, ja, Piepzeit, Jugendzeit!

Sie glucksen, feixen, schnalzen, kichern, Restalkohol hakt sich unter, alle durcheinander, Piep Pup Pap, Pupse ist mir piepe; Hillepille Nagelfille; Lama Luma Lima, Luma ist mir Puma; Liese ist mir lieber; Liese, Liese, Muh, Kuh hat keine Schuh; Rotkraut, Rotraut, Tothaut; Moin, Moin, Moin! Moinschaft, Moinschaft! Freundschaft! Freundschaft! Alte FDJ-Frauen stehen auf, auch ich stehe auf, und singen, auch ich singe, zweistimmig: *Wenn wir schreiten Seit an Seit / Und die alten Lieder singen / Und die Wälder widerklingen / Fühlen wir, es muss gelingen: / Mit uns zieht die neue Zeit / Mit uns zieht die neue Zeit /*

Aufhören, Schluss jetzt! Luise-Marie Teesenberg steht, kläscht ihren Stuhl an den Tisch, schreit, Schluss! Schluss! Lieber verblödet ihr, als das zuzugeben! Lügt doch nicht so, alle denken jetzt doch nur an Fee Vrohn! Fee Vrohn, sie hat jedem von uns, damals, in der Schulzeit, und auch hier auf Rügen Gemeines angetan, der einen mehr, der anderen weniger – wenn sie gestorben wäre …

Nein, rufe ich, nein …

… doch, sagt Luise-Marie Teesenberg, keine von uns hätte ihr eine Träne nachgeweint.

Stille.

Wir haben keine Angst um sie, sagt Marie-Luise Teesenberg, wir haben Angst vor uns. Morgen kommt sie lebendig zu uns zurück, geschwächt, aber lebendig. Keine Strafe, bitte, Fürsorge, Nettigkeit und Kümmern. Und wenn wir sie tragen müssten, werden wir sie zu unserem letzten Ausflug mitnehmen. Selbstverständlich. Und dass keine von euch auf die Idee kommt, sie, geschwächt, wie sie sein wird, Luise-Marie Teesenberg lacht, von den Felsen runterzuschubsen. Danke fürs Frühstück. Luise-Marie Teesenberg geht zurück in ihr Zimmer.

Ein Schlag hat unsere Hälse getroffen, sie hängen abgeknickt über den Frühstückstellern. Keine verlässt das Haus, jede will für sich sein, Moni Hille will für abends Spaghetti Pesto kochen.

Gegen Mittag steht Luise-Marie Teesenberg in ihrer Tür und posaunt: Fee hat angerufen, sie wird morgen entlassen! Wer kommt mit? Alle. Mit zwei Autos werden wir morgen nach Bergen fahren und die Überlebende abholen.

Blitzartiger Aufbruch zum Blumenladen. Alle Frauen, auch ich, flattern zum einzigen Blumenladen des Ortes. Kaufrausch. Lilien, Gladiolen, Rosen, Margeriten und Nelken. Jede Blume ein schlechtes Gewissen? Wir stolpern mit den Blumen zurück, verteilen sie im Haus, Helga Sperber läuft rauf in Fee Vrohns Zimmer. Blumen in Vasen, Blumen in leeren Flaschen, Blumen überall.

Ein langer Schrei von Helga Sperber. Määädels! Wir stolpern rauf. Fee Vrohns Bett, bestreut mit weißen Lilien. Keine sagt was. Man hört uns atmen. Atmende alte Frauen. Helga Sperber zeigt aufs Bett. Ein Sarg.

9

Am vorletzten Tag holen alle Fee Vrohn gegen Mittag vom Krankenhaus in Bergen ab, im Haus wird ihr jeder Blumenstrauß gezeigt und gesagt, von wem er ist, Fee Vrohn, noch etwas blass, wird umsichtig zum Strand geführt, für die letzten Sonnenstrahlen in einen Strandkorb gesetzt und mit Fischbrötchen gefüttert. Alle gehen heute früh ins Bett.

10

Heute ist unser letzter Tag: Ausflug zur Kreideküste, Ausstellung im Nationalparkzentrum Königsstuhl und Jasmunder Nationalpark, wir kennen alles vom FDJ-Zelten.

Autoabstellen am Parkplatz Hagen. Fee Vrohn, noch immer schwach, und Luise-Marie Teesenberg fahren ab hier mit dem Bus, wir anderen wandern den Hagen-Königsstuhl-Kolliker-Weg durch den Wald, vorbei an den Mooren, vorbei am Herthasee zum Königsstuhl, dort Halt und Treffpunkt. Die zwei Busfahrerinnen erwarten uns bereits. Der Rückweg ist von dort zum Kolliker-Bach über die Pflasterstraße, vorbei an weiteren, noch größeren Mooren zum Parkplatz Hagen geplant, eigentlich ein Rundweg.

Wir sind erleichtert, nur wenige Touristen sind unterwegs, zuerst geht's schnatternd zur großen befestigten Aussichtsplattform. Glaskästen mit überflüssigen Informationen, wer, welcher bedeutende Mensch, wann hier in die schäumende Tiefe geblickt hat; Kronprinzessin Viktoria-Sicht, Ernst-Moritz-Arndt-Sicht und so weiter. Eine Sicht braucht keine Namen, eine Sicht gehört allen, sage ich zu den Frauen. Ich drehe mich um.

Glaube ich, zu den Frauen gesagt zu haben, ich bin allein.

Ich verstumme. Ich stehe 110 Meter über dem grauen Wasser. Das Grün der Bäume, das gemischte Weiß der Felsen, das Blau des Himmels. Überwältigend. Da stehen sie, die Felsen, vor 70 Millionen Jahren geboren, und wissen, wie schön sie sind, und wissen, dass sie jeder, der sie sieht, bewundert. Links von mir ein besonderes Exemplar, weiße Flächen mit rostroten Flecken, Milch plätschert in breiten Güssen von oben in Kleckse von Brombeermarmelade hinein. Ich hab euch mit fünfzehn zum ersten Mal gesehen, jetzt sehen die alten Augen: Von Naturgewalten benagt, bestohlen durch große und kleine Abbrüche, seid ihr geblieben, was ihr wart, selbst in Zerstörung strahlt ihr in Schönheit, mit Sonne, ohne Sonne, mit und ohne Regen, sogar im Nebel spürt man eure Schönheit. Nach Millionen Jahren seid ihr noch immer stolz, einmalig, vorzeigbar. Und auch noch gewinnbringend. Und ich nach siebenundsechzig Jahren? Kleine Rente, zwei Brücken im Mund, drei Zentimeter geschrumpft, Arthrose reichlich, Falten jede Menge und trotz Folter eine kindliche Seele geblieben. Als ich eure Großartigkeit zum ersten Mal bewundern durfte, war ich fünfzehn Jahre alt und fand Udo tausendmal aufregender als euch; Udo war meine erste Liebe. Heute, mit siebenundsechzig Jahren, kann ich eure Einmaligkeit auch nicht genießen, weil ihr mich traurig macht.

Mit eingezogenen Schultern, feuchten Augen, kleinen Schritten tripple ich in Richtung *Erlebnisausstellung im Nationalparkzentrum Königstuhl.* Sieben Frauen treffen sich vor dem Eingang, sieben Frauen nicken sich zu. Auf der Höhe steht ein Gebäude, *Naturhistorisches Museum.* Die Ankündigungen sind vielversprechend. Kopfhörer erzählen etwas mit Musik Untermaltes, eine Unterrichtsstunde über die Entstehung von Felsen, Kreiden, Fischen und Muscheln, kleinen und großen, das Meer haben sie in Aquarien eingefangen, auf Bildschirmen wechselnde Bilder bis zum Höhepunkt: *Betreten Sie das 3-D-Bild und berühren Sie den Eiszeitgletscher.* Drei Wege in die Unterwelt kann man auswählen, den *Weg Schönheit,* den *Weg Neugier,* den *Weg Abenteuer.* Sechs Frauen wählen die Neugier, Fee Vrohn das Abenteuer. Klar. Alle stehen vor einer dunklen Metallschiebetür, eine graue Aufsichtstusse drückt auf einen Knopf, und unter dem durchdringenden Befehlston der Tusse, bitte zügig durchtreten, schreiten wir in die Tiefe.

Unten ist Teilung, Schönheit nach links, Neugier geradeaus, Abenteuer nach rechts. Wir sechs Neugierige trotten geradeaus, Fee Vrohn ruft uns nach: Das ist wieder typisch für euch Schnepfen, dass ihr geradeaus gehen müsst!

Ich bin froh über die Kopfhörer. Ich stelle sie ab, behalte sie aber auf. Ich bin nun ganz für mich, ein leises Rauschen im Ohr benebelt mich, ich muss nur die Augen offen halten. Ich will nichts erfahren, keine soll mich fragen, wo's zum Klo geht. Ich suche einen Punkt, an dem ich still stehen kann, ohne angesprochen zu werden. Nein, sitzen will ich, ich will sitzen und vor mich hin dösen. Ohne Kreide, ohne Klippen, ohne Fische, ohne Eiszeit. Ich tu's.

Mein Körper wird heftig geschüttelt.

Aufwachen, Mensch, Liese, das war großartig, hast viel verpasst, haste geschlafen, hast, Mensch, über eine Stunde, hast eine Stunde zwanzig geschlafen!

Moni Hille hat mich wachgeschüttelt. Wir gehen zurück, einige von uns schnüffeln schon im Museums-Shop, dann der Ruf *Kaffee und Kuchen draußen, in einer halben Stunde Abmarsch!*

Zwischen zwei Tortenbissen sagt Luise-Marie Teesenberg plötzlich: Wo ist eigentlich Fee? Habt ihr sie gesehen? Warten lassen, uns warten lassen. Typisch.

Auch nach einer Stunde war Fee Vrohn noch immer nicht da. Alle unterdrücken ihre Unruhe.

Wieder rein in das Museum, in den Shop, zur Kasse, zur Garderobe. Keine Fee Vrohn. Wir erklären der grauen Tusse am Eingang die Lage, sie lässt uns ein zweites Mal rein. Luise-Marie Teesenberg geht Fee Vrohns Abenteuerweg, Moni Hille den Schönheitsweg links, Rotraut Spindler rechts den Weg Neugier.

Ich gehe nach draußen. Ich halte das Warten nicht aus. Sie suchen! Suchen. Versteckt hat sie sich!

Sie hat sich versteckt, Fee Vrohn hat sich versteckt! Ich umkreise das Gebäude, laufe zum Kletterwald, Seile zwischen in den Boden gerammten Baumstämmen gespannt, Kinder und Erwachsene spielen Affen. Keine Fee Vrohn. – Sie hatte Schnaps gesucht, denk ich. Hatte Entzugserscheinungen. Wahrscheinlich.

Zurück zum Eingang. Die Frauen stehen im Halbkreis um einen Mann, aufgeregte Stimmen, die Gruppe bewegt sich zu einer Tür, der Mann schließt sie auf, ich folge.

Kleiner DDR-Büroraum, wir dicht an dicht, der Mann sitzt auf dem einzigen Stuhl.

Früher, vor Sportwettkämpfen, beim Hundertmeterlauf und vor dem Absprung beim Hochsprung, war man für Augenblicke eingesperrt in einer prallen Blase voll Konzentration. Mit dem ersten Schritt Richtung Ziel platzte sie.

Ich platze auch: Sie ist Alkoholikerin, zwei Tage Krankenhaus ist gleich zwei Tage Entzug. Sie sind unberechenbar, für einen Schluck Schnaps tun Alkoholiker alles. Sie wollte allein gehen, klar, sie hat sich was zum Saufen geholt und sitzt unten in Hagen am Parkplatz.

Stille. Die Frauen starren mich an. Es ist mir unangenehm.

Also, meine Damen, spricht der Mann, ich brauche von Ihnen eine Handynummer. Ich halte Augen und Ohren offen, spreche mit meinen Mitarbeiterinnen und Mitarbeitern, ob wer wo und wann die Frau gesehen hat. Bei positiv ruf ich sie an.

Luise-Marie Teesenberg zückt ihre Visitenkarte. Der Mann gibt jeder die Hand, und die anderen bedanken sich bei ihm und sagen Herr Jeschke. Herrn Jeschkes letzter Satz: Kopf hoch, kleine Schieter, so schnell geht bei uns keiner verschütt.

Der Bus stoppt am Hagener Parkplatz neben unseren beiden Autos. Wir suchen, wir rufen, Fee, Fee, Fee, wir gehen ins Restaurant; keine Fee Vrohn.

Sie ist zuhause, beruhigt uns Moni Hille, Fee sitzt im Sand vor dem Häuschen. Ja, klar, da sitzt sie und grinst, lacht uns an und lacht uns aus.

Zurück zum Häuschen. Die letzten Kilometer rasen die Autos, halten an, wir springen raus, laufen ins Haus, in alle Zimmer, Besenschrank auf, Besenschrank zu, laufen ums Haus, Fee, Fee, Fee. Nichts.

18 Uhr. Luise-Marie Teesenberg: Ich fahre jetzt zur Polizeistation und mach die Vermisstenanzeige.

Sie sagt noch, will eine von euch vielleicht …

Ich, schreie ich, ich komme mit. Wieder sehen mich alle gleichzeitig an.

Wie wir schon am Auto sind, schreit Moni Hille hinterher: Bringt doch vom Restaurant Gondel-Pizzen mit!

Es war nicht weit, wir hätten auch zu Fuß gehen können. Typisch für Orte an der Ostsee ist die breite Straße, die von der Mitte des Ortes zum Strand führt, rechts und links Geschäfte, üppige Blumenarrangements, Hotels, Pensionen, Cafés, bevorzugte Farbe Weiß. Unsere Strandstraße hier ist struppig, sehr bescheiden. Am Ende der Straße sehen wir die Leuchtschrift *Polizei* an einem Haus.

Polizei. Volkspolizei. Nach fünfunddreißig Jahren kommt immer noch Angst, kommt immer noch das Gefühl, man hätte was falsch gemacht, kommen immer noch die enge Brust und feuchte Hände. Unschuldige fühlen sich wieder schuldig. Beide haben wir krumme Rücken, empfindet Luise-Marie Teesenberg wie ich?

Ein paar Stufen, eine Glastür, wir bleiben stehen, gucken rein und gucken zu. Zwei sitzen an einem Schreibtisch und spielen Karten; eine pralle Frau, mit dem Rücken zu uns, ihr gegenüber ein Mann zwischen vierzig und siebzig. Der Mann liftet seine linke Pobacke in die Höhe, will er pupsen? Luise-Marie Teesenberg und ich drehen unsere Köpfe zueinander, die Pobacke schwebt, dann erbricht der Mann aus sich einen durchdringenden, wuchtigen, trotz der Glastüre klar vernehmbaren, langgezogenen Rülpser nach links.

Die Frau reagiert nicht. Nach einer kurzen Pause hievt der Mann seinen Körper auf die andere Seite, der nun nach rechts gelenkte Rülpser ist noch vielfältiger als der erste. Nachdem er verklungen ist, klopfen wir an.

Höfliche Polizeibeamte, Vorstellung. Der Rülpser ist Hauptkommissar Frithjof Hollemann, die Frau in praller Dienstbluse, hübsch, wie wir jetzt sehen, ist Gitte Jänicke. Der Amtsvorgang beginnt, Luise-Marie Teesenberg sitzt an dem dritten Stuhl am Schreibtisch und fängt zu sprechen an.

Neben dem Waschtisch ist eine kleine Fußbank, ich setze mich. Warum hab ich mich vorgedrängt, warum wollte ich so unbedingt zum Polizeirevier mitfahren? Obwohl sie neben mir sitzen, sehe ich durch das verschmierte Zahnputzglas über mir die Polizisten und Luise-Marie Teesenberg weit weg und entstellt. Meine Füße tun mir weh, Gott sei Dank habe ich Turnschuhe an. Turnschuhe.

Tante Sybille aus Düsseldorf hatte mir Westturnschuhe mitgebracht, Traumturnschuhe, weiß, dunkelblaue Streifen, Adidas. Man schwebte in ihnen. Wir hatten Turnunterricht, ich hatte sie an, alle bewunderten mich und besonders du, Fee Vrohn. Zum Bodenturnen mussten wir dann barfuß sein. Nach der Turnstunde kam ich in die Umkleidekabine zurück und die Turnschuhe …

Dich suchen, Fee Vrohn? Warum soll ich dich suchen? Warum sollte ausgerechnet ich Angst um dich haben?

Was ist los mit dir, Liese, hast du wieder geschlafen? Luise-Marie Teesenberg zieht mich hoch und sagt, alles erledigt, sie haben jetzt ein Bild von ihr und wollen Streife fahren.

Luise-Marie Teesenberg fährt sehr langsam nachhause. Morgen ist unser Abreisetag, das Auffinden von Fee Vrohn, egal, in welchem Zustand, wird höchstens ein bis zwei Tage dauern. Hoffen wir.

Das Häuschen wäre ja noch eine Woche frei, sagt jemand.

Luise-Marie Teesenberg lädt alle Frauen darauf ein. Applaus.

Eine Flasche Wein ist noch da, wir sitzen am abgeräumten Tisch, füllen die Gläser, danke, Marie-Luise Teesenberg, Prost!

Ich sitze als siebente, auch wenn wir jetzt nur sechs sind, wie immer quer ums Eck am Tischende. Vor mir, die Hälse langgestreckt, rötlich violett, fünf brütende Truthühner, Karbunkelbildung mit lappenförmigen Anhängen, aufgepumpt und angeschwollen. Plötzlich Entladung, Rotraut Spindler beginnt, Sekunden später krähen, quetschen, krächzen, krebetzen alle durcheinander, übereinander, krebetzen nach rechts, nach links, zum Boden und zur Decke:

Also ich muss jetzt sprechen, sonst ersticke ich, lebt sie, lebt sie nicht –

Warum soll sie nicht leben, hat sich ihren Schnaps besorgt, klar, und liegt in einer Rabatte, lebt –

Nein, nein, sie taumelte, rutschte ab, stürzte, stürzte ins Meer, eine Wasserleiche, Entschuldigung –

Nicht doch, nicht doch, Entschuldigung, Moorleiche, Entschuldigung, sie wollte Wollgras pflücken am Rückweg, im Moor ist sie drin –

Ich will mitkrebetzen, hole tief Luft, lasse raus: Ich weiß es, im Museum, ein Kerl, hat sie angesprochen, sie ist geil geworden, mitgegangen und –

Ach was, Spinnerin, sie wollte Luft schnappen, ist raus aus dem Museum, ein Fahrradfahrer fährt sie an.

Habt ihr *XY-Ungelöst* gesehen vor vier Wochen? Da hat, genau, da hat ein Fahrradfahrer n'er alten Frau die Handtasche weggerissen, sie fällt, im Kopf platzt 'ne Ader, tot!

Einer mit'm Sturmgewehr ist rein bei mir, bei uns, in der Frau Boncicz ihren Tante-Emma-Laden, hat der armen Frau Boncicz den Gewehrlauf auf die Brust gesetzt, krallt sich die Kasse und ist ab. Ich sage euch, die Frau war alle.

Alle? War se tot?!

Nein. Tot nicht, unter Schock.

Nee, nee, nee, nach so langem Nichtsehen und endlich wiedersehen, und dann das jetzt –

Vom Gefühl her ist die für mich so weit weg wie Rügen vom Harz, und ich sag's jetzt, wie's ist: Meine Katze Lulu oder meine Lieblingsschauspielerin Jutta Speidel stehen mir näher als Fee Vrohn. Ich bin kein Spielverderber, aber für mich hab ich entschieden, morgen fahr ich nachhause.

Erschlaffung, Stille.

Ich spreche als Erste: Liebe Helga, wir empfinden alle so wie du; nur, egal, was mit Fee Vrohn passiert ist oder noch passieren wird, ihr wisst nämlich nicht alles, die schlimmsten Widerlichkeiten hat sie mir angetan. Ich lache. Also, warum habe ich sie nicht umgebracht? Gründe dafür hätte ich gehabt. Abhauen ist feige, da macht man sich ja nur verdächtig, nicht wahr, Helga? Vielleicht hast du sie ja gekillt, denk an die Geschichte mit dem Trabant! Der Trabant, dein Bruder und Fee! Helga Sperber brummt beleidigt was in ihr leeres Weinglas.

Morgen geht die Sonne auf, sagt Moni Hille, morgen wissen wir mehr, morgen suchen wir weiter. Wir sagen Gute Nacht und gehen in die Betten. Es ist 22 Uhr 15.

Um 22 Uhr 30 klopft Luise-Marie Teesenberg an die Zimmertüren und sagt, kommt runter; unten steht sie mit dem Gesichtsausdruck einer Oscar-Moderatorin, alles wissend. Sie wartet, bis keine mehr atmet, sie schiebt ihr Handy von der rechten in die linke Hand und wieder zurück, hin und her und wieder zurück, alle starren auf das Handy, rutscht es ab, das Handy von Luise-Marie Teesenberg ist feucht, fällt es ihr zu Boden? Ihr Gesicht ist blass, sie greift hinter sich. Ein Stuhl, ein Stuhl für Luise-Marie Teesenberg.

Wir stehen, keine rührt sich. Moni Hille stöhnt wichtig auf.

Luise-Marie Teesenberg spricht: Ein Polizeikommissar aus Bergen rief an, die Nummer hatte er vom Museum. Man hat Fee hinter der Ausstellungsfläche im Nachwuchsbecken, einem Aquarium für Nachwuchsfische, gefunden. Sie ist tot. Auch ihre Handtasche ist weg. Wir sind um 10 Uhr 15 ins Amtsgericht Bergen bestellt, der Kommissar heißt Kutscher. Dirk Kutscher.

Ich rieche den Geruch der vielen Blumen im Zimmer, geplant als Freudenduft für Fee. Nun würgt er. Erst setzt sich Helga Sperber, dann langsam die anderen, ich bleibe stehen.

Na ja, sagt Helga Sperber, na, so was, na ja, isses so? Na ja, wird ja wohl. Das isses nu? Das isses nu, na ja, was? Was hat er gesagt? Nach Bergen? Wann? Ach morgen? Ich auch?

Pause. Alle, sagt Luise-Marie Teesenberg.

Keine weint. Ich starre auf die Vase mit den Nelken, zwei Schritte, ich reiße die Nelken aus der Vase, die Rosen aus dem Milchtopf, die Margeriten aus dem Plastikeimer, aus den Weinflaschen die Gladiolen, Tür auf, raus damit, Tür zu. Rotraut Spindler will was sagen, kann es nicht, würgt, springt auf, rennt zum Klo, kotzt. Kommt zurück, geht zum Kühlschrank, ihr Gesicht schwitzt, sie hält uns die letzte Wodkaflasche entgegen, nickt, wir nicken zurück, jede kriegt ihr Glas, wir heben es hoch, zum ersten Mal, seit Fee tot ist, gucken wir uns an, wollen uns zuprosten wie immer, das passt jetzt natürlich nicht. Die Hände mit den Gläsern sinken. Stille.

Da kippt Rotraut Spindler doch ihren Schnaps runter; sagt, auch ohne Prost, Prost! Luise-Marie Teesenberg steht wacklig auf, geht zu Rotraut Spindler, nimmt ihr die Flasche weg, stellt sie zurück in den Kühlschrank, dreht sich zu uns: Kein Besäufnis, bitte, wir wollen vernünftig sein, morgen wird für alle ein schwerer Tag, da werden alle Fragen beantwortet. Geht jetzt ins Bett bitte, es ist gleich Mitternacht.

11

Keine hatte geschlafen. Kein Frühstück. Hat auch jede den Pass dabei? Blicke in die Handtaschen, Aufbruch mit zwei Autos. Das Polizeikommissariat im Amtsgericht Bergen, Schulstraße 1. Wir sind pünktlich, es ist 10 Uhr 10. Lange Gänge, viele Türen und nach zwanzig Jahren Wende noch immer der typische DDR-Bohnerwachs-Geruch. *Vernehmungszimmer B, Hauptkommissar D. Kutscher / Kommissar K. Stern.* Das ist unsere Tür. Wir gehen nicht rein. Wir bilden einen Halbkreis, frieren, haben unser dickstes Zeug an, draußen beginnt ein warmer Sommertag. Wir sehen uns an, keine will damit anfangen, auch Luise-Marie Teesenberg geht nicht rein. Sie schiebt jetzt wieder ihr Handy her und hin; Fee Vrohns Tod kam aus ihrem Handy. Will sie es loswerden?

Hier riecht's nach DDR, sagt Moni Hille, kommt, gehen wir rein, drinnen riecht's vielleicht nach Westen.

Wir werden freundlich begrüßt. Hektisches Kramen nach den Ausweisen, Namennennen, Händeschütteln, Namennennen, Händeschütteln. Ein langer Tisch, ein Fenster zum Nebenzimmer, Licht aus Neonröhren. Sechs Frauen eng auf der einen Seite, die beiden Beamten auf der anderen. Kommissar K. Stern hat den Akt vor sich, Hauptkommissar Kutscher spricht und sieht dabei nacheinander jeder von uns gerade ins Gesicht:

Meine Damen, es tut mir leid, dass ich Sie alle herbestellen musste, aber wir erwarten von jeder Einzelnen von Ihnen Auskünfte über die Tote. Zunächst, soweit bisher feststellbar, hat die Tote keine Verwandten, eine von Ihnen muss deshalb die Tote identifizieren, besprechen Sie sich untereinander, wer. Es folgt nun mein momentaner Wissensstand, bei Fragen oder Unklarheiten unterbrechen Sie mich bitte. Also, Herr Kai Jeschke vom Museum Königsstuhl meldete gestern um 21 Uhr 12 den Todesfall. Vor Ort gab er mir Ihre Visitenkarte, Frau Teesenberg, worauf ich Sie noch gestern Abend verständigte. Gleichfalls durch Herrn Jeschke erfuhr ich, dass Ihre Gruppe die Tote bereits um 16 Uhr im Museumsbereich vermisst und mit der vergeblichen Suche nach ihr begonnen hatte. Nach der Obduktion wissen wir möglicherweise mehr, was wir bis jetzt wissen, ist wenig, und das Wenige ist verwirrend. Denn die kleinen Türen, die Sie bei Ihrem Museumsrundgang sicher bemerkt haben und die in den Arbeitsbereich des Instituts führen, sind für Besucher grundsätzlich versperrt und nur durch das Personal mittels eines Schlüssels zu öffnen. Hinter den Türen wird dem reibungslosen Museumsbesuch vor den Türen zugearbeitet, hier wird Futter zusammengestellt, hier stehen auch kleine und große Aquarien, darin der Nachwuchs gezüchtet wird, hier werden Tabellen und Schautafeln angefertigt und so weiter. Man fand die Tote mit einer tiefen Wunde an der linken Schläfe in einem großen Nachzucht-Aquarium für Salzwasserfische. Tod durch Ertrinken, lautet der erste Befund der Gerichtsmedizinerin. Und was ich Ihnen, Frau Teesenberg, gestern schon am Telefon gesagt hatte, die von Ihnen beschriebene Handtasche der Toten konnte nicht sichergestellt werden.

Stuhlrücken, Rotraut Spindler würgt wieder, hält sich die Hände vor den Mund, Helga Sperber springt auf, hakt sie unter, beide verlassen das Zimmer. Eine Pause, Kommissar Stern bietet Wasser und Kaffee an, wir sagen, nein danke, die Beamten gehen ins Nebenzimmer. Ich sehe durch den Durchblick beide Kaffee trinken, den jüngeren, K. Stern, rauchen und dass sie beide, Köpfe dicht an dicht, zu uns hereinsehen. Hauptkommissar Kutscher macht eine ausladende Armbewegung, schüttelt den Kopf und sagt etwas sehr entschieden: »Nein!« Stern reagiert sofort, zuckt mit den Schultern, hüpft, hebt den rechten Arm und macht vor seinem Vorgesetzten die Scheibenwischerbewegung. Dass der sich das traut?

Nach der Pause sitzen wir wieder vollzählig in der Reihe, die einen gebeugt, trauernd, andere, auch ich, mit wachen Augen. Genieße ich am Ende die Krimistimmung? Ute Friebel wetzt auf ihrem Stuhl hin und her, fängt zu kichern an, hebt den Hintern, beugt sich zu uns und flüstert, das ist alles sehr aufregend.

Die beiden Kommissare kommen ohne Ausdruck in ihren Gesichtern zurück. Noch im Niedersetzen sagt Hauptkommissar Kutscher: Sie sind sechs Frauen im Rentenalter, kaum zu glauben, so jugendlich, wie Sie aussehen – Moni Hille unterbricht ihn lächelnd – wir fühlen uns auch noch nicht alt, Herr Inspektor! Der Hauptkommissar lächelt zurück, das glaube ich Ihnen, Frau Hille, aber hier geht es nicht darum, sich alt oder jung zu fühlen, hier geht es um Mord. Vermutlich.

Offene Münder.

Sie waren sieben Frauen, setzt der Hauptkommissar fort, woher kannten Sie einander, wie kamen Sie zusammen hier nach Rügen? Es wäre gut, wenn nur eine von Ihnen redet. Ich stelle den Rekorder an, das hilft für unsere Arbeit, Sie verstehen. Also, woher kannten Sie einander, wie kamen Sie zusammen nach Rügen, wie verlief der Aufenthalt Ihrer Gruppe bisher?

Keine sagt was. Mord? Mord. Vermutlich Mord. Stille.

Alle Augen bitten sie darum, ich schiebe den Rekorder langsam vor Luise-Marie Teesenberg, die neben mir sitzt. Sie nimmt aus ihrer Handtasche einen braunen Kamm, kämmt sich einmal durch die Haare, steckt den Kamm zurück und fängt an:

Wir sind Jahrgang Neunzehneinundvierzig oder Zweiundvierzig, sind alle aus Elversberg, sind zusammen in die Grundschule gegangen, waren zusammen in der FDJ, drei von uns, Frau Spindler, Frau Sperber und Frau Friebel, blieben in der DDR bis zum Ende, Frau Hille, Frau Spahn, Frau Vrohn und ich sind irgendwann in den Westen –

Die Stühle stehen eng nebeneinander, ihr Körper, Luise-Marie Teesenbergs Körper, ist nahe meinem, sie spricht in ruhigem gleichmäßigem Rhythmus, ihre Sprachmelodie blockiert mein Zuhören, führt mich woanders hin, ich bin jetzt bei ihr. Was weiß ich eigentlich über die Frau, die neben mir sitzt, deren Körperwärme ich fühle? Bilder formen sich, wollen mir helfen. Ein Pferd beginnt geschnitzt zu werden, es gibt ein Stück Holz, Werkzeug und Farbe, man erkennt, dass einmal ein Pferd entstehen soll, es fehlen aber Ohren, Augen, ein Bein, der Schweif. Schnitt. Nun sieht man das Pferd nach fünfunddreißig Jahren wieder, die Farbe abgeblättert, ein Huf fehlt, das Pferd steht schief. Neben mir sitzt Luise-Marie Teesenberg, vor meinen Augen steht das Pferd Luise-Marie Teesenberg auf einem Bein. Ich muss grinsen.

Sie wollte Brücken bauen, sie hat sie gebaut, Männer gab es immer mal wieder, aber keine Ehen, auch kein Kind. Ihr Vater, ein hübscher Mann mit schwarzen Locken, Rudolf Teesenberg, hatte ein großes Sägewerk, erst privat, später in der DDR halbstaatlich, schließlich enteignet.

Anfang Juni 1959, es war ein Jahr vor dem Abitur, unsere Klasse machte eine zweitägige Exkursion in Botanik, Luise-Maries Vaters Hobby waren Schmetterlinge, er kam mit. Zu Fuß von Elversberg nach Hohenwarte, zurück mit dem Schiff auf dem Mittellandkanal. Kurz vor dem Anlegen in Elversberg erlitt Herr Teesenberg einen Schwächeanfall. Der Kapitän hatte ein Fahrrad an Bord, einer sollte, so schnell er konnte, von der Anlegestelle zum nächsten Haus mit Telefon fahren und einen Krankenwagen rufen. Ich höre Fee Vrohn: Ich! Ich fahre, ich weiß, wohin, ich bin die Schnellste!

Gut zwei Kilometer vom Anlegeplatz, am Ende einer Straße neben dem Sportplatz von Elversberg, gab es eine Getränkebaracke. Der Betreiber erzählte Jahre später meinem Vater, dass Fee Vrohn bei ihm erst eine Flasche Apfelsaft getrunken habe und dann nach einem Telefon fragte, das er gar nicht hatte. Rudolf Teesenberg starb noch auf dem Schiff. Hat Luise-Marie Teesenberg vom Apfelsaft erfahren? Der Tod des Vaters hatte Luise-Marie Teesenberg über ein Jahr lang blass gemacht.

Danke, Frau Teesenberg, das war klar ausgedrückt, sagt der Hauptkommissar, ich habe jetzt einen Überblick.

Ist sie nach fünfunddreißig Jahren nicht immer noch blass?

Vor Hass?

Ich bitte Sie jetzt, mit mir ins Kreiskrankenhaus zu kommen, eine von Ihnen muss die Tote identifizieren. Ja, und Sie dürfen Ihren Ferienstandort bis auf weiteres nicht verlassen.

Nicht verlassen? Ferienstandort nicht verlassen? Gefangen.

Beide Männer stehen gleichzeitig auf, Kommissar Stern geht ins Nebenzimmer, Hauptkommissar Kutscher beugt uns über den Tisch seinen Oberkörper entgegen, gibt jeder von uns die Hand, sagt zu jeder von uns den Namen. Den richtigen. Frau Spindler, Frau Sperber, Frau Hille, Frau Friebel, Frau Teesenberg, Frau Spahn. Habichtaugen. Ich weiß, wo ihr seid, ihr entkommt mir nicht, sagen sie. Ich wische die Handreichehand einmal rauf, einmal runter an meinem Rock ab, meine Augen kommen wieder hoch, Hauptkommissar Kutschers Augen stechen zu.

Mein Blick zurück heißt, Vorsicht, ich bin bei der Stasi in die Lehre gegangen, heißt, Vorsicht, ich bin kein Blümchenkaffee, ich pinkle rein, wenn's sein muss.

Jetzt spucken seine Augen in meine Augen, meine Augen spucken zurück. Nun spricht er; meint er mich?

Bevor wir ins Krankenhaus fahren, sagt er, erwartet sie in Raum 11A, eine Tür weiter links, Frau

Gießmeier, sie nimmt Fingerabdrücke ab. Das tut nicht weh, meine Damen, aber wir brauchen das.

Das Fingerabdrücken passiert, wie alles Plötzliche passiert, wir sind abgelenkt und nur auf das Abrollen unserer Fingerkuppen konzentriert. Beim Abputzen der Finger flüstert Marie-Luise Teesenberg: Zur Identifizierung, wer fährt mit, wer nicht?

Wir lassen die Köpfe wie beim Beten hängen, sagen nicht, Amen, sagen, wir fahren mit, ich fahre mit, jede von uns sagt, ich fahre mit.

Luise-Marie Teesenberg sagt, ich nicht, ich erwarte euch im Krankenhaus in der Cafeteria, ihr kennt sie ja von vorgestern.

Hauptkommissar Kutscher begleitet uns, wir fahren in einer grünen Minna, drei Bankreihen, vor jeder Bank eine durchgehend angebrachte Metallstrebe, daran angehängt baumeln Handschellen, beim Fahren schlagen sie an die Metallstreben, scheppern, ein Geräusch, das nicht guttut.

Entspannt euch, Mädels, Moni Hille meldet sich, wie der Name schon sagt, das sind Handschellen, na, die schellen eben. Luise-Marie Teesenberg neben mir lässt wieder ihr Handy glitschen, von der rechten in die linke Handfläche, von der linken in die rechte und wieder von vorn, wieder und wieder. Schon wieder?

Da glitscht das Handy auf meinen Schoß, es glänzt vor Schweiß. Ich staune: Was ist denn das für ein Handy, so ein schmales, langes hab ich noch nie gesehen, wow, wo hast du das denn her? Luise-Marie Teesenberg reißt mir das Handy grob aus den Fingern.

Aus Japan, das Neueste aus Japan. Ich hab's mir dort gekauft, ich war letztes Jahr da.

Kreiskrankenhaus. Wir fahren mit dem Lift in den Keller, an den niedrigen Decken Leuchtstoffröhren, der lange Flur ausgelegt mit dunkelrotem Linoleum, Risse und kahle Stellen, der gleiche DDR-Bohnerwachsgeruch wie im Amtsgericht. Tür auf, alle rein, Tür zu.

Kalt, es ist kalt in diesem Raum. Klimaanlage. Ihr Geräusch sagt: Repariert mich. Ein weißer Mann und eine weiße Frau stehen und hantieren an einem Labortisch, ein Nicken Hauptkommissar Kutschers, sie verlassen den Raum. Stille. Die Klimaanlage wimmert, wir stehen mit gesenkten Köpfen, die Augen kleben an den Fliesen, gelbe Vierecke, in der Mitte schwarze Kringel. Der schwarze Kringel, ein Kleckschen Trauer für die vielen Toten?

Bedeckt mit dem weißen Laken rollt die Tote durch die Schiebetür hinten herein. Der weiße Mann schiebt den Schragen in die Mitte des Raumes, fixiert die Rollen, Hauptkommissar Kutscher nickt, Fee Vrohns Kopf kommt. Der weiße Mann verschwindet.

Wir stehen verstreut im Raum, der Hauptkommissar steht an der Eingangstür, keine bewegt sich, keine will anfangen. Ich gucke die Frauen an, Moni

Hille, eine Holzlatte, Helga Sperber, aufgerissener Einkaufssack, Ute Friebel auf Zehenspitzen, um, ohne hingehen zu müssen, einen Blick auf Fee Vrohns Kopf werfen zu können, Rotraut Spindlers Hals arbeitet, damit sie nicht wieder kotzen muss, und ich, Liese Spahn, gehe jetzt hin. Ich will, ich will hingehen, aber meine Beine wollen nicht. Klatsch, mein Kopf liegt neben dem Schragen, über mir die tote Fee Vrohn, die Frauen keuchen, zerren an mir, ich stehe wieder, wir stehen eng alle am Kopfende des Schragens, ich in der Mitte, die anderen stellen sich, zwei links, zwei rechts versetzt, hinter mich, es stinkt, nicht Fee Vrohn als Leiche stinkt, wir stinken. Wir Frauen stinken nach Schweiß.

Ich schaue mir den Kopf an. Ihre Augen, zwei entschärfte Tellerminen, sind Gott sei Dank geschlossen, die Nase, spitz, die Nasenlöcher, zwei Schießscharten, die tiefen Falten auf der Stirn, zwei Schützengräben, dahinter hatte sie sich nach den Schüssen versteckt, der Mund, ein Haifischbecken, auf der Oberlippe die Härchen, eine Armee von kleinen Soldaten. Ihr Gesicht ist ein Kriegsschauplatz.

Fee, du warst. Jetzt bist du. Du warst dumm, du hast einen Fehler gemacht, zum ersten Mal in deinem Leben einen großen, groben Fehler gemacht, du hattest hingerichtet, zerbrochen, zertreten, gebrannt, Fee, du hast weh getan, auch mit Stolz und Feixen weh getan, ja, die Zeit konnte helfen, die

Wunden, die du gerissen hast, konnten zuwachsen, aber nur unter dünner Haut. Dünne Haut kann platzen, Fee Vrohn, hier ist sie geplatzt. Nach fünfunddreißig Jahren ist sie hier geplatzt. Warum bist du nach Rügen gekommen?

Fehler!

Hauptkommissar Kutscher hustet gewollt, wir drehen uns um, er kommt mit Händen in Gummihandschuhen auf uns zu. Ich bin froh, dass er spricht.

Sie haben sich viel Zeit genommen, ich gehe davon aus, dass Sie die Tote als Felicitas Vrohn-Piva identifiziert haben. Ist es richtig, dass Frau Vrohn-Piva nach einer abgebrochenen Lehre als Krankenschwester Physiotherapeutin war?

Wir sagen nacheinander ja. Er holt tief Luft.

Frau Vrohn-Piva muss sich gut ausgekannt haben, sie wusste, wenn man mit Gliedmaßen, zum Beispiel mit Fingern, ein Zeichen hinterlassen will, dieser Plan mit dem Eintritt des Todes nicht mehr funktioniert; das Muskelsystem erschlafft, bevor vier bis fünf Stunden später die Todesstarre eintritt. Die Tote ist erst nach 21 Uhr 30 im Zuchtbecken gefunden worden, die Todesstarre hatte also bereits eingesetzt.

Er steht nun am Schragen, fasst unter das Laken, holt sich die linke Hand der Toten und platziert sie auf ihren Bauch. Wir sehen eine Hand, sagt er, die linke, zwischen dem ausgestreckten Zeigefinger und dem abgespreizten Daumen ist eine Muschel zu sehen. Begünstigt durch die tiefen Wassertemperaturen blieb die Hand mit der Muschel so erhalten, wie Sie sie jetzt sehen. Hat das für uns Bedeutung?

Muschel. Ein grau-grünes Bild von Undine fällt mir ein, Undine mit grünen, langen Algen im blonden Haar und grünen Fischaugen – mich hat das Bild damals im Folkwang-Museum fasziniert –, mit lockenden grünen Augen hielt sie eine Muschel über ihr Geschlecht. Fee Vrohn, Melusine.

Ja, Ihre Freundin hat im Todeskampf noch einiges mobilisieren können, sagt Hauptkommissar Kutscher, sie hat ein Zeichen hinterlassen, das zu der Spur des Täters führen soll, einen Hinweis für uns. Wir werden ihm nachgehen.

Seine Stimme, diese metallene Stimme, Hauptkommissar Kutschers Stimme! Jetzt weiß ich, warum der Mann mir unsympathisch ist, es ist die Stimme. Blech. Scharf, prallt auf, dringt ein. Sehen Sie genau zu, was ich jetzt machen werde, sagt sie.

Er schiebt den rechten Ärmel seines Sakkos zurück, ich sehe eine schwarze Spinne mit roten Augen, eine große, fette, schwarze, tätowierte Spinne. Lachen würgt mich, ich rette mich in Schluchzen, entferne mich in Richtung Tür. Unheimliche Stille. Die warten, dass ich zurückkomme, also komme ich zurück, aber ich darf nicht auf die Spinne sehen, diese Spinne macht hysterisch; ich reihe mich hinten in die Gruppe ein, geschützt von Moni Hille und Rotraut Spindler.

Ich entferne nun, sagt die blecherne Stimme, vorsichtig die Muschel aus der Beuge von Zeigefinger und abgespreiztem Daumen. Mit der linken Hand hält er das Handgelenk der Toten, zwei Finger seiner rechten Hand, Zeigefinger und Daumen, ziehen wie bei Mikado aus den Fingern der Leiche die Muschel und legen sie auf den Bauch. Hauptkommissar Kutscher sieht uns eine nach der anderen an. Noch immer hält er das Handgelenk der Toten in die Höhe, seine Trophäe, fährt mit dem rechten Zeigefinger am langen Zeigefinger der Toten entlang, dann an ihrem viel kürzeren Daumen, zärtlich. Sieht uns wieder alle an, wieder nacheinander, sagt: Nun, wer von Ihnen sagt mir, was das für ein Zeichen ist und was es bedeuten könnte? Ein »L«, posaunt Rotraut Spindler, ein »L«!

Richtig, antwortet der Hauptkommissar, richtig, Frau Spindler, das ist der Buchstabe »L«. Frau Vrohn-Piva hat uns mit diesem Buchstaben etwas sagen wollen. Aber was? Wir können diese Frage nur gemeinsam lösen, ich ersuche um Mitarbeit. Fangen wir mit dem Naheliegenden an. Fängt der Vorname einer von ihnen mit »L« an?

Jetzt erst fällt Totenstille in den Raum.

Ich weiß nicht, wie lange es still ist, ich bin zu sehr mit mir selbst beschäftigt, ich habe das Gefühl, meine Augen sehen zu, wie mein Kopf verwelkt. Aus meinen Lippen wachsen Worte.

Ich, ich heiße Liese, Liese Spahn.

Moni Hille mischt sich ein, also Luise-Marie Teesenberg fängt doch auch mit »L« an!

Hauptkommissar Kutscher winkt uns aus dem Raum, im Flur steht eine lange grüne Holzbank ohne Lehne, dort müssen wir uns hinsetzen.

Die Tatwaffe, aufgrund des rechtsmedizinischen Gutachtens, ein scharfkantiger, sehr schmaler, etwa zwölf Zentimeter langer stilettartiger Gegenstand, wurde noch nicht gefunden. Frau Vrohn-Piva wurde offenbar über die vierstufige Holztreppe zum Zuchtbecken gelockt, kopfüber hineingestoßen, beim Luftholen über der linken Schläfe von dem erwähnten Gegenstand durchbohrt, wieder ins Wasser verbracht, wo der Tod eingetreten ist. Hat jemand von Ihnen ein dem beschriebenen Tatwerkzeug ähnlichen Gegenstand vor oder nach dem Todestag, wo auch immer gesehen?

Schweigen.

Nicht? Er räuspert sich.

Bevor ich mich von Ihnen für heute verabschiede, muss ich etwas ausschließen. Während Ihnen die Fingerabdrücke abgenommen wurden, habe ich das Aufnahmegerät abgehört, das Frau Teesenberg vor einer Stunde besprochen hatte; sie hatte den Tagesablauf geschildert. In das Nationalparkzentrum Königsstuhl sind Sie gemeinsam hineingegangen, haben sich am Eingang getrennt, Frau Vrohn-Piva hat sich für den Weg Abenteuer entschieden, die übrigen sechs Frauen für den Weg Neugier; da haben Sie Frau Vrohn-Piva zum letzten Mal gesehen. Ist das so richtig? Wir nicken.

Sind Sie als Gruppe zusammengeblieben oder kann sich eine von Ihnen erinnern, dass sich jemand entfernt hat, vielleicht die Toilette aufgesucht hat, vielleicht? Hatten Sie immer Blickkontakt? Wenn man die Ausstellungsräume sorgfältig durchläuft, dauert das immerhin neunzig Minuten. Ich will von Ihnen wissen, ob einer von Ihnen aufgefallen ist, dass sich eine Frau von Ihrer Gruppe für kurze Zeit entfernt hat? Oder mussten Sie nach dem Rundgang auf eine von Ihnen warten? Bitte, ich höre.

Ich. Ich wieder. Warum immer ich? Mir fällt ein Satz meines Vaters ein. Ich war noch klein, es war 1945, nachdem meine Brüder erschossen wurden; wenn meine Mutter weinte, sagte mein Vater manchmal: Man muss es tragen, dann kann man alles Schwere in Gutes verwandeln.

Ich, Herr Hauptkommissar, ich, sage ich ganz laut, ich habe mir gleich im ersten Schauraum eine Bank gesucht und bin tief eingeschlafen. Ich habe die Kopfhörer abgestellt und bin eingeschlafen. Eine Stunde, zwanzig Minuten. Und nach der Führung hat mich Frau Hille wachgerüttelt.

Der Hauptkommissar hebt sich auf die Zehenspitzen, wippt, reckt sich, als sähe er über unseren Köpfen eine Lösung, zückt einen Schreibblock aus der Jackentasche und schreibt. Schreibstille.

Unsere Todesurteile, flüstert Moni Hille.

Er klappt den Block zu, wir erheben uns, er bringt uns zum Lift zurück, oben steht er breitbeinig vor uns, wieder müssen wir zuhören.

Frau Spahn und Frau Teesenberg, ich will Sie beide um 9 Uhr 15 im Amtsgericht zu einer Vernehmung sehen. Die anderen brauche ich morgen nicht, für alle gilt, Insel nicht verlassen.

Er nickt und geht, wir bleiben als Klumpen zurück. »L«.

Rotraut Spindler sagt: Larschloch! Ich sage, sagt Rotraut Spindler, randloses Larschloch!

Abmarsch in die Cafeteria, dort sitzt Luise-Marie Teesenberg vor einem großen Stück Kirschtorte mit Sahne. Mein Gott, wie beneide ich diese Frau, lässt es sich gut gehen, genießt. Abschnattern des eben Erlebten; Tote, Muschel, Buchstabe »L«, Spahn und Teesenberg morgen, 9 Uhr 15, ins Amtsgericht zur Vernehmung bestellt. Luise-Marie Teesenberg nickt, isst die Torte zu Ende, zahlt, und wir fahren zurück zu unserem Häuschen.

Ich sitze im Auto von Luise-Marie Teesenberg, hinter uns das Auto von Rotraut Spindler; kurz vor dem Häuschen Vollbremsung. Ich starre, kapiere, brülle, Einbrecher, springe aus dem Auto, brülle zu den anderen, die aus dem anderen Auto springen, Einbrecher, Polizei, ich stürme los, die anderen stürmen auch, Moni Hille schreit, Polizei, Polizei, dann brüllen alle durcheinander, Einbrecher, Polizei, Einbrecher, Polizei, ich renne auf einen Mann zu, ich renne auf einen Einbrecher zu, er trägt einen großen Karton, Gott sei Dank, jetzt bleibt er stehen, ich fürchte mich nicht, ich keuche, meine Hände krallen sich am Karton fest, ich schreie, Polizei, der Mann sagt, das bin ich, ich bin die Polizei. Und stellt den Karton in einen Kombiwagen. Aus seiner Brusttasche zieht er ein Papier, hält es mit zwei Fingern an jeder Seite hoch und sagt: Durchsuchungsbefehl, genehmigt, gestempelt und unterschrieben vom Untersuchungsrichter, wir sind im Haus gerade fertig geworden, in spätestens zwei Tagen kriegen Sie Ihre Plüdden zurück. Zwei weitere Männer mit Kartons kommen aus unserem Häuschen, grüßen, laden ein, alle fahren ab.

Da stehen wir, ein Klumpen wieder, fassungslos, sprachlos, jede will was sagen, keine weiß, was.

Luise-Marie Teesenbergs große Stunde kommt. Klug, keinen Widerspruch duldend, klingt sie: Niemand von uns geht in das Häuschen, die Autos bleiben hier, wir gehen ins Dorf, Hotel »Sonne«, wir brauchen drei Doppelzimmer, sechs Zahnbürsten, drei Tuben Zahnpaste, zwei Kukident. Guckt nicht so ängstlich, ich lade euch ein. Wie ihr wisst, hab ich Brustkrebs, der Krebs ist leider wandern gegangen, Chemo wurde von mir abgelehnt, mitnehmen kann man's nicht, also, auf geht's. Los!

Vor mir gehen sie untergehakt, ich tapse hinterher.

Später im Hotel beim Essen, Schweinskotelett, schüttelt Rotraut Spindler den Kopf: Das kann ja nicht funktionieren, was der Kommissar da mit der Muschel behauptet hat. Er wollte uns mit dem »L« reinlegen, hat sich an diesem »L« festgebissen, ich sage euch, der macht gemeinsame Sache mit dem Gerichtsmediziner, Draht in die Finger, Finger steif, und schon hat er Liese und Luise-Marie als Hauptverdächtige. Fertig!

Liebe Rotraut, sagt Luise-Marie Teesenberg, man hat die Tote erst nach sechseinhalb Stunden in einem Kaltwasser-Aquarium gefunden, die Todesstarre hatte bereits eingesetzt, sie dauert drei bis fünf Tage, und wir haben die tote Fee heute, einen Tag danach identifiziert. Das »L« nach dem Entfernen der Muschel stimmt schon. – So. Liese und ich müssen morgen früh wieder im Amtsgericht antreten, also bestellt euch noch eine Runde, wer will, gern auch einen Schnaps dazu.

Luise-Marie Teesenberg und ich stehen auf. Da treffen sie mich. Mich treffen die Augen von Luise-Marie Teesenberg. Mein ganzes Leben sind Augen, nicht alle, manche Augen in mir haften geblieben, Bissaugen, Schmollaugen, Geilaugen, Lachaugen. Die Augen, die jetzt stehen bleiben, machen Angst, es sind Augen, die in mir lesen wollen. Jetzt brennen meine eigenen Augen, ich muss zwinkern. Wie? Weg? Alles weg? Luise-Maries Augen sind wieder hellbraune, gütige

Augen wie immer. Gott sei Dank. Sie greift nach ihrer Handtasche.

Also, Liese, 7 Uhr 30 Frühstück, 8 Uhr Abfahrt.

Auf dem Weg zum Lift hören wir noch Helga Sperber, wir sollen wohl Helga Sperber hören: Na, wenigstens hatten sie eine ordentliche Henkersmahlzeit, die zwei.

12

9 Uhr 15, Amtsgericht Bergen. Ohne anzuklopfen, wird uns die Tür von Hauptkommissar Kutscher geöffnet. Das gleiche Zimmer, der gleiche Tisch, auf dem Tisch, mit einem weißen, beschrifteten Anhänger versehen, Fee Vrohns Handtasche und das Aufnahmegerät. Der Hauptkommissar kommt gleich zur Sache:

Sie verlangen sicher eine Erklärung für die gestrige Hausdurchsuchung. Sie war nötig und wurde deshalb auch vom Untersuchungsrichter verfügt, denn die Gerichtsmediziner, Kommissar Stern und ich hatten die Verdachtsmomente auf alle sechs Frauen erstreckt; insbesonders, natürlich, auf Sie beide. Die Handtasche der Toten, die Sie hier sehen und die Sie kennen, war geschickt versteckt. Man entnahm von dem Vorratsregal einen Karton mit Fischfutter, leerte ihn, legte die Handtasche hinein, füllte wieder auf und stellte ihn auf seinen Platz zurück. Auf der Tasche sind die Fingerabdrücke der Toten, ferner Ihre Fingerabdrücke, Frau Teesenberg, und Ihre Fingerabdrücke, Frau Spahn. Ihre Erklärung? Zuerst Frau Teesenberg. Er drückt auf die Aufnahmetaste und lehnt sich zurück.

Mit Frau Vrohn bin ich vom Parkplatz Hagen mit dem Bus zum Königsstuhl gefahren, die anderen sind gelaufen. Als wir schon im Bus saßen, sagte Frau Vrohn, sie hätte in meinem Auto ihre Handtasche vergessen, ich bat den Busfahrer, einen Augenblick zu warten, sprang nochmals hinaus und holte die Tasche. Das kann der Busfahrer sicher bestätigen.

Der Hauptkommissar sagt, okay, und schiebt das Mikrofon näher zu mir.

Also, sage ich, wir standen für die Eintrittskarten an der Kasse, Frau Vrohn stand vor mir, sie kramte in der Tasche nach ihrem Portemonnaie, holte es heraus, gab mir die Tasche zum Halten, zahlte für alle, dann drehte sie sich zu uns um und sagte, als kleines Dankeschön für euren Einsatz. Ich gab ihr die Tasche zurück, und wir gingen in die Ausstellung.

Der Hauptkommissar sagt, okay, und schiebt das Mikrofon wieder zurück in die Mitte.

Frau Spahn, Sie sagten das Wort »Einsatz«, auch Frau Teesenberg hat das Wort gestern in ihrem Bericht gebraucht, trotzdem, ich komme noch einmal darauf zurück. Heute ist Mittwoch, der 15. Juni, am Freitag, dem 10. Juni, nachts, hatte laut Krankengeschichte des Kreiskrankenhauses Frau Vrohn in ihrer Unterkunft einen Unfall erlitten. Sie wussten, dass Frau Vrohn stark unter Alkohol stand, und haben zugelassen, dass sie im Saunabereich den Whirlpool benutzte. Niemand verhinderte das, was den Tatbestand Unterlassene Hilfeleistung erfüllen könnte. Warum hat niemand Frau Vrohn daran gehindert?

Luise-Marie Teesenberg zieht das Mikrofon nah zu sich und haucht: Wir waren alle betrunken.

Der Hauptkommissar sagt, okay, und schiebt das Mikrofon wieder zurück in die Mitte.

Sein Gesichtsausdruck bei »okay« war für mich so abstoßend, dass meine Augen sich auf dem Fensterbrett eine Topfpflanze aussuchen mussten. Fleißiges Lieschen. Lieschen hatte man nie zu mir gesagt. Doch, einer, ein einziges Mal, meine erste Liebe, Udo. Udo Stuckenschmitt. Die große Zehe, der kleine Dirigent. Wir standen vor meiner Haustür, verliebt und verlegen, er gab mir die Hand, Hurra, ich hab mein Lieschen gefunden, ach ja, ach ja, mein Gott.

Ich muss grinsen, der Kommissar sieht das, sein Gesicht verzieht sich, er greift sich die Handtasche von Fee Vrohn und sagt, okay.

In der Handtasche, sagt er, fanden wir das Handy von Frau Vrohn-Piva. Ihr letzter Anruf im Krankenhaus, ihr letzter Anruf überhaupt, ging zu ihrer Nichte in Wernigerode, Frau Herta Söders. Wir haben mit Frau Söders gesprochen, sie ist auf dem Weg hierher. Frau Söders hat ausgesagt, dass ihre Tante bei dem Anruf sehr erregt gewesen wäre, wörtlich habe Frau Vrohn-Piva zu ihr gesagt: »… meine sechs Schulfreundinnen sind sehr gemein zu mir, ich habe richtig Angst vor ihnen, besonders vor Liese Spahn …«

Pause. Niemand sagt etwas.

Okay. Ich komme zur Auswertung der Hausdurchsuchung, und Sie würden mir Zeit sparen, wenn wir die Vernehmung weiterhin gemeinsam durchführen könnten. Aber Sie haben natürlich das Recht auf getrennte Befragung. Entscheiden Sie.

Ich bin unsicher, ich weiß nicht, was mich wann, wie, wo belasten würde. Haben Luise-Marie Teesenberg und ich Geheimnisse miteinander? Nein, nein, wir würden uns verdächtig machen, wenn wir auf getrennt bestünden. Wir denken das doch beide? Wir sehen uns an, und jede sagt, einverstanden.

Neben Hauptkommissar Kutscher steht eine Aktentasche, er hebt sie auf den Schoß, fasst rein, holt raus, wir machen lange Hälse.

Ach, du lieber Gott, mein Tagebuch! Ich dumme Kuh, warum hab ich das nur nach Rügen mitgenommen. Meinen Beichtzettel. Seine käsigen Finger sind dran an ihm, das tut weh, es ist, als ob er an meiner Haut wäre. Wenn ich es je zurückbekomme, muss ich es verbrennen. Auch Papierstreifen hat er eingelegt. Er blättert! Mein Ekel wächst, wird mehr, immer mehr, meine Strickjacke, Schuhe, Bluse, mein Rock, Schlüpfer, BH, die Strümpfe, alles, alles fällt, alles fällt von meinem Körper, nackt, nun bin ich nackt, ich springe auf, schreie:

Sie, ich will ein Brötchen, holen Sie mir aus Ihrer Kantine ein Brötchen!

Der Hauptkommissar sagt, okay, steht auf und geht.

Wir schweigen lange. Luise-Marie Teesenberg greift plötzlich wild nach ihrer Handtasche, zieht ihr Handy raus, es glitscht ihr aus der Hand, fällt auf den Boden, sie springt auf, kniet neben dem Handy nieder, hält die Hand drauf, bleibt so. Der Hauptkommissar kommt mit einer Tüte zurück.

Beten Sie, Frau Teesenberg?

Ich greife nach der Tüte, sie reißt, meine Hand hat das Brötchen, gierig presse ich das runde Ding an meine Nase, mir kann nun nichts mehr passieren, ich schnüffle. Ich bin in der Backstube meines Vaters.

Er steht vor einer großen Schüssel und knetet Streusel, er strengt sich an, er schwitzt, er lächelt mich an, gib mir den Milchtopf, Liese. Am Nebentisch drapiert Gerd, der Geselle, Spritzkuchen auf große Bleche, meine Mutter in ihrer weißen Schürze kommt aus dem Laden in die Backstube, ruft: Wir haben kein Brot mehr, wie lange dauert's noch, die Kundschaft wartet. Gerd murmelt, zehn Minuten, Meisterin, noch zehn Minuten. Ich schleiche mich an Papas Streusel, meine Finger sind in der Schüssel, mein Vater haut drauf, eine Liebkosung.

Frau Spahn, wenn das alles – sagen Sie mal, hören Sie mir überhaupt zu –, wenn Ihr Tagebuch stimmt, dann hat Frau Vrohn-Piva Ihnen schon ziemlich was angetan; dafür haben Sie sie auch ein paar Mal umgebracht, allein hier auf Rügen, Moment, sie drei Mal in der Ostsee ertränkt. – Frau Spahn? Frau Spahn? – Frau Teesenberg, Ihre Freundin ist im Moment nicht ansprechbar. Verständlich. Bei ihr wird es eng. Und enger. Okay.

Kommen wir wieder zu Ihnen, Frau Teesenberg. Er zieht nun eine dicke, abgewetzte Brieftasche heraus. Ich döse vor mich hin, was ich sehe und höre, kommt von weit weg. Der Hauptkommissar bröselt noch immer an der alten Brieftasche herum, aus seinen Augen kommt Schmutz.

Die Brieftasche, Frau Teesenberg, gehörte Ihrem Vater, Initialen H.T., Ihr Vater hieß Herbert Teesenberg; das sind Briefe Ihres Vaters an Sie und ein Haufen Fotos ist da noch, in dem Haufen Fotos, nur mit Ihrem Vater, hat uns dieses Foto nachdenklich gemacht.

Er zieht es mit zwei Fingern heraus.

Hier. Ein Gruppenfoto auf einem Schiff. Ihre Schulklasse, nehme ich an, zwei Lehrer da wohl und Ihr Vater. Mai 1960. Auf dem Foto hat jemand aus dem Kopf einer Mitschülerin einen Totenkopf gemacht. Wer? Und wer ist die Mitschülerin?

Pause.

Das Foto entstand bei einem Klassenausflug nach Hohenwarte. Kurz vorher. Mein Vater ist kurz nachher. Mein Vater ist. Kurz nachher. Vater. Vater war tot. Tot, tot. Hat geröchelt, schnappte nach Luft, kriegte keine. Sein Leben war aus. Meines auch. Die Mitschülerin da ist Fee Vrohn, sie wollte Hilfe holen, war zu lange weg. Viel zu lange. Zu spät. Tot. Der Totenkopf ist von mir.

Aus dem Mund des Hauptkommissars kommt ein lang gezogenes Ausatmen, das in einem spitzen Pfeifton endet. Dann ist er wieder bei der Sache und sagt, okay.

Hier ist noch ein gebrauchtes Taschentuch, gleichfalls mit den Initialen H.T. und ein Dokument, dessen Entstehen dringend aufgeklärt werden musste und ergab, dass Frau Vrohn-Piva in einer zweiten Ehe mit Eduardo Piva elf Jahre in Córdoba in Argentinien gelebt hatte. Das Dokument ist das Doppel eines Vertrags aus dem Jahr 1992, in dem Sie, Frau Teesenberg, eine Detektei vor Ort beauftragen, Frau Vrohn-Piva ausfindig zu machen und sie während fünf Tagen zu überwachen.

Ja, Frau Teesenberg?

Ja, ich unternahm 1992 eine Südamerikareise und wusste, dass Frau Vrohn-Piva in Córdoba lebt, in zweiter Ehe. Wollte damals herausfinden, wo sie wohnt und wie sie lebt. Ich war auf Urlaub, wollte mich entlasten und beauftragte diese Detektei damit.

Wenn eine Detektei, sagt Hauptkommissar Kutscher, Namen und Stadt weiß, dauert das Lokalisieren ein paar Stunden und nicht fünf Tage, oder?

Ein paar Stunden, fragt ihn Luise-Marie Teesenberg, wären also gut, fünf Tage sind schlecht? Sind verdächtig?

Warum sind Sie nicht zum Haus Ihrer Schulfreundin gefahren, haben geklingelt und gesagt, Hallo, da bin ich?

Ich sage nie Hallo! Fee Vrohn und Hallo? Hallo, Fee Vrohn-Piva, soll ich sagen? Hallo, Piva-Vrohn, ich konnte es nicht mehr aushalten, dich nicht zu sehen? Klingel, klingel?

Der Hauptkommissar ist jetzt ein Hund mit einem Salatblatt im Maul. Ich muss laut lachen.

Der Hund lässt das Salatblatt fallen, sagt, wir machen jetzt vielleicht eine Pause. Wasser haben Sie, Kaffee, wenn Sie wollen, wird gebracht.

Wir wollen nicht. Wir sind allein. Wieder muss ich laut lachen.

Luise-Marie Teesenberg springt auf.

Liese, was ist los mit dir, Liese, du lachst, schreist nach Brötchen, klinkst dich aus, wenn's dir passt, verdammt noch mal, Liese, hast du's noch immer nicht kapiert, der verdächtigt uns ernsthaft, der kann uns in U-Haft nehmen, ohne Beweise, wenn er will, Liese, mein Gott, Liese, und du tust alles, um ihn gegen uns aufzuhetzen! Und warum lügst du ihn unverschämt an, kannst du mir das sagen?

Die Geschichte mit deinen Fingerabdrücken auf Fees Handtasche, in der Reihe, an der Kasse: … Herr Kommissar, ich stand hinter ihr, sie wollte für uns alle Eintrittskarten kaufen, sie gab mir ihre Tasche zu halten …? Liese, du weißt doch ganz genau, Fee und ich sind mit dem Bus gefahren, waren vor euch da, haben auf euch bereits am Eingang gewartet, ich hatte doch alle Karten längst in meiner Hand, wie einen Fächer hielt ich sie, fächelte euch entgegen, und du, erinnere dich jetzt, du riefst: Seht, da steht sie, die Kreidefelsen-Carmen!? Liese, warum benimmst du dich so sonderbar? Was ist los mit dir?

In ihrer Handtasche klingelt ihr Handy, ich versuche auf dem unbequemen Stuhl eine bequeme Stellung zu finden und schließe die Augen.

Ein Schrei. Luise-Marie Teesenberg schreit. Sie zieht die rechte Hand aus der Tasche, hält den Arm abgeknickt in die Höhe, schiebt den Ärmel bis zum Ellenbogen, Blut rinnt von der Hand über den Unterarm und klatscht mit schnellen Tropfen auf den Fußboden.

Was ist passiert?

Ich habe mich an meinem Handy verletzt.

An deinem Handy, wie bitte? Das geht doch nicht, mit einer Gurke kann man sich doch nicht schneiden!

Da treffen sie mich wieder, Luise-Maries Augen. Ich springe auf, Hilfe holen, sie ruft mir nach: Ach

Quatsch, ich habe mich versprochen, es war die Nagelschere, sie liegt neben dem Handy.

Ich komme mit einem Handtuch zurück, hinter mir der Hauptkommissar, wir stoppen damit die Bluterei, eine sehr junge Polizistin, große Kinderaugen, mit Desinfektion und Pflaster kommt herein, Luise-Marie will das nicht und dreht den Arm weg.

Nein, nein, sagt die Polizistin, das müssen wir, das sieht ja böse aus. Mensch, Ihr Mittelfinger ist fast durch.

Meine Nagelschere, meine Nagelschere hat sich da reingebohrt, meine Nagelschere.

Hören Sie, ich mach Ihnen das jetzt mit dem Pflaster fest, aber lassen Sie da lieber einen Arzt draufgucken, so tief, wie der Riss ist. Mit der Nagelschere ist das passiert? Nein.

Doch, doch mein Handy hat geklingelt in der Handtasche, beim Handy ist die Nagelschere, nicht wahr? Ich danke Ihnen für die Hilfe, erste Hilfe, danke. Danke.

Schon recht. Nicht vergessen, zum Arzt gehen.

Sie geht, Hauptkommissar Kutscher, Luise-Marie und ich sitzen wieder am Tisch.

Wer von Ihnen, fragt der Hauptkommissar, hat das Aufnahmegerät eingeschaltet? Bevor ich rausgegangen bin, hatte ich es ausgeschaltet. – Keine Antwort. Okay. Dann hören wir es ab.

Gestatten Sie, sage ich zum Hauptkommissar,

nehme meinen Stuhl und setze mich an die Kopfseite des Tisches, ich will das Publikum des Hörspiels sehen, links den Kommissar, rechts Luise-Marie. Der Mund des Kommissars ist offen, wieder ist er ein Hund, ein Hund, der weiß, dass es gleich eine Belohnung gibt.

Luise-Marie Teesenberg weint.

Wir hören: ... Warum lügst du ihn so unverschämt an? ...

Wir hören alles ab da, und es endet mit: ... Ach Quatsch, ich habe mich versprochen, es war die Nagelschere, sie liegt neben dem Handy.

Hauptkommissar Kutscher schaltet das Gerät aus. Stille. Lange Stille.

Frau Teesenberg und Frau Spahn, Sie müssen noch nach nebenan zur Speichelprobe, danach können Sie gehen, Fortsetzung morgen.

Es ist gleich Mittag, Luise-Marie Teesenberg und ich sitzen im Auto auf dem Weg zu den anderen.

Frage ich sie, ob sie das Aufnahmegerät eingeschaltet hat? Frage ich sie, warum? Frage ich sie nicht? Wenn die nächste Ampel auf Rot steht, frage ich sie das, ich frage sie, warum sie das Aufnahmegerät eingeschaltet hat.

Die Ampel steht auf Grün.

Ich beobachte sie. Sie sitzt ruhig, sie schaltet den Mercedes ruhig; an der Kreuzung Binz biegt sie falsch ab, das ist nicht unsere Richtung. Jetzt spricht sie:

In Lohme ist Volksfest. Mit Karussellen, Buden, Flohmarkt. Da ist was los. Ich kann jetzt nicht in das Häuschen zurück, zu den Frauen zurück. Glaub mir, das tut uns gut jetzt! Ja, Liese? Okay, Liese?

Ich antworte, okay. Herr Hauptkommissar, okay! Wir lachen beide. Wir kommen an. Kreischen, Musik, Fischbrötchenbude, in einem Verschlag sitzt eine am Spinnrad, die andere strickt, die Erzeugnisse, Handschuhe, Strümpfe, Pullover hängen an Wäscheleinen, es gibt violette Zuckerwatte, ein trauriges Kinderkarussell und Bernsteinbuden. Luise-Marie Teesenberg und ich durchstreifen den Platz.

An zwei Tagen zwei Verhöre. Meine Beine bewegen sich, mein Körper macht mit, der Kopf ist zugelötet. Zwei Verhöre an zwei Tagen. Ich bleibe oft stehen, fasse Sachen an, drehe sinnlose Gegenstände in meinen Händen, mein Körper schiebt vorwärts.

Wo ist Luise-Marie Teesenberg? Sie ist nicht mehr da.

Ich suche sie, ich sehe sie. Im Kinderkarussell sitzt sie auf einem weißen Schwan. Ein, zwei, drei, nein, vier kleine Kinder verteilt auf ein Pferd, zwei Schweine und ein Hahn. Alles dreht sich ruhig mit »Das ist die Berliner Luft, Luft, Luft!«. Wie es stehen bleibt, gibt mir Luise-Marie Teesenberg ein Zeichen: Ich will mich weiterdrehen.

Langsam gehe ich den Weg zurück, zurück zur Bude mit den Stricksachen, vielleicht ein paar Wollstrümpfe für mich.

Ein Rollstuhl.

Vor der Frau mit dem Strickzeug steht jetzt ein Rollstuhl, mit dem Rücken zu mir, es sitzt jemand drin, vor dem Rollstuhl hält ein Mann mit rotem Pullover naturfarbene Strickstrümpfe in der Hand. Ich starre. Er winkt mir zu. Ich bin mutig, ich laufe nicht weg, ich brülle, Hammer, Hammer, jetzt hab ich dich! Der Rollstuhl wackelt, aus ihm zucken Arme und Beine heraus, schlagen um sich, die Strickerin springt auf, versucht Arme und Beine zu bändigen, ich stehe noch immer und starre, dann brüllt man mich an, der Mann im roten Pullover brüllt mich an: Hau'n Se ab, was woll'n Se von uns, unverschämt, ich ruf die Polizei, Polizei lässt mich loslaufen, zurück zum Karussell, Luise-Marie Teesenberg, ja, sie steht vor einer Bernsteinbude, ich hake sie im Laufen unter, zerre sie mit, rufe ihr zu, Polizei, wir laufen zum Auto, Türen auf, Türen zu, keuchen, ich kotze mich aus über den Hammer, Luise-Marie Teesenberg hört zu, Hammer, immer wieder Hammer, das tut mir gut, nun ist er draußen. Nicht für lange, das weiß ich, dann ist er wieder drinnen, in mir, bei mir, ein schmarotzendes Tier, das sich festkrallt, von mir frisst, das mich schlägt, es tut so weh, nach so vielen Jahren, es tut so weh, es tut noch immer so weh.

Hunger. Ich sage, ich habe Hunger! Luise-Marie Teesenberg steigt aus und holt zwei Fischbrötchen.

Im Häuschen werden wir von den anderen Frauen begrüßt, heiter; zwei Männer hatten ihnen ihre Plüdden zurückgebracht. Jede sagt ein paar Mal Plüdden, sie sprechen das ihnen fremde Wort Plüdden gern aus, keine fragt, wie war es, keine, wie geht's, keine, was kann ich für euch tun; heiter bleiben sie. Luise-Marie Teesenberg geht rauf in ihr Zimmer, kommt mit ihrem Rollkoffer nach einer Weile die Treppe wieder runter, stöhnend. Niemand hilft, auch ich nicht.

Seid mir nicht böse, sagt sie, ich muss jetzt allein sein, ich gehe zurück ins Hotel; das Häuschen ist bis Ende der Woche bezahlt. Bezahlt kann sie noch sagen, dann sackt sie auf der untersten Stufe zusammen, ihr Kopf auf ihrem Rollkoffer, die Arme hängen an ihm herunter, sie fängt zu weinen an, ihre Hände schlagen den Koffer.

Wie beim Identifizieren der Leiche halten die Frauen Abstand, aber Luise-Marie Teesenberg ist keine Leiche, sie weint nur herzzerreißend. Auch ich halte Abstand, ich sitze im Sessel und halte Abstand von ihr, der Diplom-Ingenieurin, Brückenbauerin und autoritären Schlichterin. Aber mit autoritärem Honig eben. Wenn sie da war, wollte man auch da sein, bei ihr, bei Luise-Marie Teesenberg, einer Kameradin, um mit ihr die Sahara zu durchqueren, bei einer Frau, die bei Sonne sagt, in zehn Minuten regnet's, und in zehn Minuten fängt es zu regnen an. Einer stolzen aufrechten Frau. Jetzt sitzt sie zusammengesunken auf der untersten Stufe einer Wendeltreppe und weint schonungslos.

Ich stehe auf, gehe zu ihr, nehme ihr den Rollkoffer aus den Armen, stehe vor ihr, ihre Arme suchen jetzt Halt an meinen Beinen, die Hände, die den Koffer schlugen, schlagen mich, es tut weh, ich beuge mich über sie. Ihren Kopf. Ich muss ihren Kopf mit meinen Händen umfassen, mit leichtem Druck ihren Kopf, ich brauche jetzt ihre Augen, ich werde da hinein sprechen. Sie ist willenlos, ich habe den Kopf, aber ihre Augen sind zu. Ich sage zu ihnen, weinen tut gut, später werde ich auch weinen, aber bitte, Augen, steht jetzt auf. Meine Hände lassen den Kopf los, sie sind jetzt unter ihren Achseln, sie ziehen, ihr Körper macht mit, ganz langsam, ihr Körper ist jetzt an meinem Körper, ihr Kopf auf meiner linken Schulter. Sie weint nicht mehr, so bleiben wir stehen, der eine Körper hat sich mit dem anderen Körper angefreundet, sie wollen einander nicht loslassen, ihre Arme schlagen mich nicht mehr, ihre Arme baumeln an den Schultern herunter. Nicht Ost sucht West, keine Verwandte die andere, keine trauernde Frau den trauernden Mann, Angst sucht Angst. Nun sind die Ängste aufgebraucht. Auch ihr Schweiß braucht mich. Kein Ekel. In mir ist viel Platz für sie. Ich würde mich schämen, sie jetzt nach dem Aufnahmegerät zu fragen. Nach den Vernehmungen weiß ich so viel von dieser verzweifelten Frau. Mein Körper soll bei ihr bleiben, so lange sie will. Helfen kann ich ihr nicht.

Ich sehe zurück. Vier Frauen warten darauf, weggescheucht oder herangewunken zu werden.

Luise-Marie Teesenberg ist bereit, ich nehme den Rollkoffer, sie stützt sich auf meine Schultern, wir gehen sehr langsam, die Frauen sind stumm, beobachten uns: Immerhin, zwei Hauptverdächtige schlurfen da raus, da könnte doch, da muss doch, das wäre doch vielleicht –

Sie trippeln ein paar Schritte hinter uns her, ich zische in die Küche, Schublade auf, das große Brotmesser gegen die Frauen, Kreischen, Schreie. Das muss mal geputzt werden, sage ich und lasse es fallen.

Luise-Marie Teesenberg, wacklig, und ich gehen mit dem Rollkoffer vorsichtig in Richtung Mercedes, hinter uns in der offenen Haustür hängen die vier stummen Krähen. Zwei nett gekleidete junge Männer biegen ums Eck, kommen auf uns zu, grüßen, einer sagt freundlich:

Mein Name ist Finn Zeigert, das ist mein Kollege Kevin Töpfer, wir kommen von Hauptkommissar Kutscher. Wir sollen Frau Liese Spahn nach Stralsund in U-Haft bringen. Ist Frau Spahn in der Nähe?

Ich sage nein, der Koffer fällt um, ich hocke mich drauf, ein Zeichen Luise-Marie Teesenbergs für die Frauen, Moni, die Wäscheleine! Liese ab!, sofort verstehen die, rennen her, bilden einen Kreis um uns!

Es geht schnell, fünf Frauen überrumpeln zwei verblüffte Männer, ich renne, meine Handtasche wird mir noch zugeworfen, ich renne, renne, sehe zurück, auf zwei Männern sitzen fünf Frauen, ich renne nach rechts, renne eine Schleife, renne zurück, ich weiß nicht, warum, mein Bauch weiß es. Zwei junge Männer, fünf alte Frauen, mein Vorsprung ist nicht groß, ich renne trotzdem weiter, Seitenstiche sind da, renne, ein Durchgang zum Strand, rein da, runter da, Hunderte von Strandkörben, Hundestrand ist hier, Hundestrand ist mir lieber als Kinderstrand, ein Labrador bremst mich, will spielen, ich suche einen leeren Strandkorb, lasse mich reinfallen, um mich herum Hundebesitzer. Tröstlich. Gesprächsfetzen.

Meiner auch... Wie alt ist Ihrer... Längst kastriert ... Was soll ich bloß machen, mein Mortimer guckt allen Frauen unter die Röcke...

Abendsonne fällt auf mein Gesicht, das tut gut, meine Handtasche liegt auf meinem Kopf, ich kippe nach hinten, ich strecke mich aus, das ist gut hier für mich, Hundegebell, ich bleibe hier, ins Gefängnis gehe ich nie wieder.

Zwei Taschenlampen wecken mich, ich werde an beiden Armen aus dem Strandkorb hochgebracht. Handschellen. Ich friere, meine Handtasche, keiner der beiden Männer spricht mit mir, sie schieben mich durch den Sand zum Strandweg, von dort zum Streifenwagen, abgeführt. Ich sehe auf meine Uhr, 23:15.

Fahrt nach Stralsund, lang, meine Handgelenke schmerzen, können Sie mir die nicht abnehmen? Bitte?

Der Mann, der viel zu dicht neben mir sitzt und Kaugummi kaut, sagt: Da wird nichts draus. Fluchtgefahr.

Ich versuche mit ihm zu reden:

In so einem Auto, am 24. April 1974, hab ich in so einem Auto mein Kind verloren. Damals, zu DDR-Zeiten.

Der Mann dreht seinen Kopf etwas zu mir: Na, sind Sie doch froh, das kann Ihnen doch jetzt nicht mehr passieren. Er grinst, er ist jung, er glaubt, er hat einen Witz gemacht. Das kann ich auch:

Freuen Sie und Ihr Kollege sich schon auf morgen?

Wieso?

Überschrift in »Bild«, sage ich: *Rügen: fünf alte Rentnerinnen überwältigen zwei junge Polizisten – Verdächtige Rentnerin entkommt* … Ihre Kollegen werden sich schlapp lachen.

Der Polizist dreht sich zu mir, grinst, sein Kaugummi klebt am Schneidezahn.

Nach der Ankunft im Gefängnis, unterschreiben. Unterschreiben, unterschreiben. Ich will nicht unterschreiben, ich will nicht ins Gefängnis. Ich muss unterschreiben. Zwei Frauen durchsuchen meine Sachen und mich. Erinnerungen.

Meine Tasche? Meine Tasche darf ich behalten, weil Untersuchungshaft. Vorläufig. Die eine Frau gibt mir die Tasche zurück und sagt, fast zwei Uhr, da ist Licht aus, Sie haben eine violette Notlampe am Bett, die können Sie drücken, wenn Sie mal müssen.

Ich frage, sind wir hier im Frauengefängnis Haltenberg?

Sie grinsen. Sind wohl Touristin? Nein, nein, hier sind Sie in Stralsund, und hier sind Sie richtig.

Ich betrete meine Zelle.

Alle sind da. Gekreische, Gejohle, Hurra-Rufe, Pfiffe, Klatschen. Alle Frauen aus der Achterzelle; Hammer ohne Rollstuhl. Sie sitzen hintereinander, nebeneinander auf dem Bett, ein Nest, in der Mitte Hammer. Sie haben spitze, lange Schnäbel, ihre Augen sind die Augen von Stockfischs Schlangenring, Geschosse sind die Augen, Einschläge in meinen Körper. Ich sehe an mir herunter, Blut rinnt. Tiermenschen. Auf dem Bett schlagen sie Beifall mit ihren Schnäbeln. Ich wanke. Hammer löst sich aus der Gruppe, ist neben mir, ihr Schnabel bohrt sich in mein Ohr. Ich schreie. Aus ihrem Schlund kommen Wortbrocken: Stück, mieses. Musste hängen, ich musste hängen, ich. Du Zuschauer. Schlampe! Jetzt du. Häng jetzt! Hängen! Und ich schaue zu. Wieherndes Gelächter, Hammer hievt sich zurück aufs

Bett, erst flüstert es, dann hör ich lauter, immer kräftiger hör ich: Auf-hän-gen! Auf-hän-gen! Hängen. Die Worte schlagen mich, ich suche Hilfe. Auf dem Klodeckel sitzt Stockfisch mit ihrem Alleskleber-Kopf, den Stock zwischen den Schenkeln, sie liest in einem Buch. Am Zellenfenster, in jeder Hand einen Aktenordner, steht breitbeinig Oberleutnant Schremm. Sektgläser. Oberleutnant Schremm prostet mir zu: Da sind Sie ja endlich, lange haben Sie uns warten lassen, Sie haben uns gefehlt! Hängen, nicht wahr, wir sind zum Hängen gekommen! Applaus.

Nein, Stockfisch nicht. Stockfisch hat nicht mitgeklatscht, liest noch immer. Ich gehe zu ihr, ohne von dem Buch aufzusehen, reicht sie mir ihren Stock. Ich nehme ihn, halte ihn, prüfe ihn. Ihr Kopf ist noch immer gesenkt, bleibt lange so. Sie hebt den Kopf, weint; Stockfisch guckt mich an und weint:

Behalte den Stock, Liese, ich brauche ihn nicht mehr. Du aber, du brauchst ihn. Schlag zu, Liese, schlag zu. Triff!

Dunkel. Ich taste mich zu der violetten Notlampe über dem Bett, mache sie an. Alles weg. Alle weg.

Die Zelle mit Gittern ist eine Krankenzelle. Meine Handtasche? Ich kralle sie mir, ich habe nur noch diese Tasche. Ich mache sie auf. Mein Block. Mein Block mit Schreibzeug, wichtig. Ich muss ja alles aufschreiben. Und da ist noch das alte Brötchen von Hauptkommissar Kutscher.

Ein Brötchen!
Hart.
Nein, das brauche ich jetzt nicht mehr.
Ich habe alles aufgeschrieben – Liese Spahn.

Damit enden die Aufzeichnungen von Liese Spahn. Sie hat sich im Gefängnis Stralsund in der Nacht des 17. Juni 2009 das Leben genommen.

Luise-Marie Teesenberg gesteht am 17. Juni 2009, abends, die Tat.

Mordwaffe: Mobilfunkgerät mit Selbstverteidigungsfunktion.

»Warum brennt ihr so wenig?
Warum seid ihr so kalt?«

Im provinz-sächsischen Steinburg haben die Menschen vergessen, dass sie Gott vergessen haben. Hier ist der Allmächtige nicht mal mehr ein Gerücht. Vor über dreißig Jahren nahm sich in dieser Stadt der evangelische Pastor Benno Wuttke auf spektakuläre Weise das Leben. Sein Amtsbruder schildert einem Journalisten Wuttkes Geschichte und kämpft dabei um seine eigene Integrität. Denn er wird verdächtigt, Inoffizieller Mitarbeiter des MfS gewesen zu sein.
»Heimgehen« ist die literarische Gegendarstellung zu den Presseberichten über den öffentlichen Flammentod eines DDR-Pfarrers im Sommer 1976. Die Novelle wurde 2009 mit dem Publikumspreis des Ingeborg-Bachmann-Wettbewerbs ausgezeichnet.

»Karsten Krampitz findet eine ruhige Sprache, die zunächst verblüfft und auch irritiert (...) Sie regt an, nicht auf. Und sie befördert Nachdenklichkeit.«
Berliner Zeitung

Karsten Krampitz
Heimgehen

160 Seiten, ISBN 978-3-7844-3189-5